Author
海翔
Illustration
あるみっく
4
シルが足下に向かって
神槍の一撃をぶっ放すと、
足下の砂が吹き飛んでなくなり、
そこに石の床のようなものが
出現した。
「か、海斗。
もう開いてしまった穴は
がらないんだから。
いでしょ。
」
JN035096
モブから始まる
探索英雄譚
The story of an exploration hero who has worked his way up from common people

十二階層は
相変わらずの
砂漠だったが、
問題はその暗さと寒さだ。
「みんな寒さは大丈夫？」
「私はコートのおかげで問題ない。
それにしても鎧はカッコいいが
大変そうだな」
「大丈夫なのです。
持ってきたダウンジャケットの
おかげで全く問題無しです」

十一階層では
とにかく暑かったのに
十二階層に入った途端
一気に温度が下がった。
「私もダウンにすればよかったかな。
結構厚着してきたつもりだけど、
立ち止まるとちょっと寒いかも」
「いえ、今日は中の装備が
万全なので大丈夫ですよ」

「仕方がありませんね。私の服を繋ぎ合わせましょう」

シルが鎧を脱ごうとするのが見えたので慌てて止める。

「それじゃあ、私が代わりに脱いでやるよ」

このサーバント達は本当に俺の事を考えてくれているのだと思うが非常に危うい。危なすぎる。

ルシェのはわざとな気もするが。

モブから始まる探索英雄譚4

海翔

HJ文庫
995

口絵・本文イラスト　あるみっく

4

The story of
an exploration hero
who has worked his way up
from common people

CONTENTS

P005　プロローグ

P010　第一章 » 潜り初め

P040　第二章 » 三偽神

P082　第三章 » 新たな力

P136　第四章 » 一二階層

P167　第五章 » 暗闇の砂漠

P219　第六章 » スライムマイスターへの道

プロローグ

私の名前は神宮寺愛理。

友達からは『あいり』と呼ばれることが多い。

私の家は神宮寺流という古武術の宗家をやっている。

私は今薙刀を使っているが、物心ついた時から、剣術、弓術、体術などいろんな武術を練習させられてきた。

子供の頃の我が家はそれほど裕福ではなく、昔ながらの家と道場があっただけだった。

子供は私一人だったが、特に継がなくても、そのうちなくなってしまうかなぐらいに思っていた。

だが私が小学生になると同時に事態は大きく急変した。

TVアニメ『剣姫千変万化』が放送されると、すぐに空前の大ヒットとなり、劇中の登場人物達が用いる古武術にもスポットが当たった。

たまたま、流派の名前が作中の一つと同じだった事と、娘の私が登場人物の一人に似ていると噂になり、爆発的に門下生が増えた。

アイドル的な扱いを受けたりもしたが、今だけだろうと子供心に楽観視していた。

たが、父は商機を逃さなかった。

TV出演から始まって、『古武術エクササイズ　脂肪を斬ってダンシング』というDVDを発売すると、これがなぜか大ヒットしてしまった。

お陰で私は、超人気古武術道場の跡取り娘として担ぎ出されてしまい、門下生からもアイドル的な扱いを受けることとなってしまった。

もともと、武術が嫌いだったわけではないので、高校生になるまで特に疑問もなくやってきたが、最近になってこのままでいいのかなと思い始めた。

限られた世界で、決められた道を歩むことに不満はなかったが、ちょっと他の世界ものぞいてみたかった。

普段は、学校と鍛錬があるので、できることは限られていたが、高校三年生の春に父に頼んでダンジョンにいくことを許可してもらった。最初父は反対していたが、武術の実践がモンスター相手に積めるから、絶対に将来の役に立つと説得して納得してもらった。

「お父さん、絶対レベルアップして門下生の人達の憧れとなれるよう頑張ります」

父は心配して業物の薙刀とマジックポーチを買ってくれた。自分で買えるものは限られるので本当に助かった。

　それからは、基本ソロで潜るようになった。

「彼女一人？　ちょっと危ないんじゃないかな？　よかったら一緒に潜らない？」

　しばらくすると女一人というのが目立ったのか、結構頻繁に他の探索者から声をかけられるようになった。

「いえ、一人で力試しをしているので結構です」

　基本断るようにしていたが、四階層でほかの探索者同様にソロの壁に阻まれて、進めなくなってしまった。

　一人では、どうしようもなくなってしまい仮パーティを初めて組んだ。

　男性二人のグループに入れてもらい、探索は順調に進むようになったが、メンバーの二人がそれぞれにプライベートで誘ってきたので、

「探索に集中したいのでゴメンなさい」

　とそれぞれ断ると、ギスギスした空気が流れるようになり、すぐ脱退する運びとなってしまった。

　ソロに戻ると、また先には進めなくなったので、仮パーティを組みながらなんとか探索を続けていたが、基本男性メンバーが多く、最初のパーティと同じような展開になって長

くは続かなかった。

正直、もう無理かもしれないと心が折れそうになりながら、一縷の望みをかけてギルドイベントに参加した。

最初は、いつものように男性メンバーが多く、誘われたりもしたが、最後の組み合わせで奇跡が起こった。

女性メンバー三人に男性メンバー一人のグループになれた。四人とも同年代のグループだったが、女性三人集まるのが初めてだったので、私も自然とテンションは上がっていた。非常に楽しい時間を過ごすことができ、別れるのが惜しいと思っていたら、メンバーのミクからパーティのお誘いがあった。

どうやら、女性メンバーの二人は私と同じ悩みを抱えていたらしく、すぐに三人で意気投合した。

当初三人パーティもありかと考えていたが、ミクから相談を持ちかけられた。

「あいりさん。海斗も誘ってみようと思うんだけど、どう思いますか？」

海斗は、グループで唯一の男性メンバーだが、今までの探索者と違ってあまり下心がないように感じた。

探索者としての力は、他の日に組んだ探索者に比べると少し落ちるようにも感じたが、妙に正義感があり、少し鈍いような印象だった。

ただ、私達三人には結構紳士的だったので、「まあ、いいんじゃないか」と答えた。

その後四人で正式にパーティを組むことになったが、ここから私の探索者としての活動は劇的に変化した。ほかの女性メンバーとはとても気が合ったが、一番私に変化を与えてくれたのは海斗だろう。

戦力としてはそこまで期待していなかったが、とにかく女性陣の盾となるべく、積極的に前衛で行動して、どんどんダンジョンを踏破していった。何度か命も助けてもらい、シル様とルシェ様というかけがえのない存在との出会いもくれた。

海斗は年下で、異性としての魅力はあまり感じないが、人間としては非常に尊敬している。

このパーティメンバーであればもっと先までいける気がする。

そういえばオープンキャンパスで海斗の彼女らしき女の子を見かけたが、凄く可愛い子だった。こんな可愛い子が彼女なんて、人の魅力は見かけではなく、中身なんだなと改めて海斗を見直してしまった。

私達のパーティリーダーはその弱さも含めて人間的魅力にあふれている。

第一章 ❯ 潜り初め

「あけましておめでとうございます」

「おめでとうございます」

「海斗さんおめでとうございます」

「ああ、おめでとうございます」

今日は新年を迎えてパーティで初めてダンジョンに潜る日だ。

メンバーと新年の挨拶を済ませて早速ダンジョンの中へと向かう。

「みんなお正月はどうだった？」

「私はいつも通りハワイに家があるからそこで過ごしたわ。帰ってきたらやっぱり日本は寒いから風邪ひかないようにしないと」

「いいですね。わたしは家族で温泉旅行に行ってきました。食べ過ぎたので、ダンジョンで動かないとやばいのです」

「私は家の道場で、初稽古とかがあったからな。海斗はどうだったんだ？」

「え、俺ですか？　い、いや特には。初詣とかですかね。うん、まあ、ゆっくりしてました。はい」

本当は春香と初詣とか映画に行って、俺史上最高のお正月だったが、みんなには内緒だ。

「なんか怪しいわね」

「そうだな。なにかあるな」

「明らかに挙動不審になったのです」

女性陣三人がなにか話をしているが、気にせず十一階層を目指す。

去年の探索でヒカリンのアクシデントもあったので慎重かつ、パーティのみんなが活躍できるように配慮しながら探索を進めていく。

十一階層は気温等の環境条件は、ほとんど十階層と変わらないが、出てくるモンスターに特徴がある。

まだ一部のモンスターとしか遭遇していないがエジプト系の神話に出てくるようなモンスターばかりなのだ。小さい頃、結構古代遺跡とかが好きだったので、どこかで見たことあるような馴染みがあるモンスターが出てきている。今までのモンスターにはあまりなかった簡単な魔法系の攻撃をしてきたり、特殊効果を発揮したりと少し手強くなっている印象だ。

「ご主人様、モンスターが向かってきています。数は五体です」

今までで一番多いな。しばらく待っているとすぐにモンスターは現れた。

コガネムシの親玉みたいなのが三体。多分このエリアの感じからするとスカラベだろう。

それと禍々しい感じの大蛇が二体。

「海斗、多分あれアペプよ。気をつけて」

まあスカラベは巨大だが一応昆虫の仲間だと思われるので、久々に殺虫剤を使用したいところだ。ただ、暑さ対策で俺のリュックの中は殺虫剤ではなくペットボトルで占められているので、残念ながら今回は使えない。

スカラベは、あまり女性陣が得意ではないだろうから俺とベルリアで受け持つことにする。

「シル、『鉄壁の乙女』を頼む。俺とベルリアでスカラベをやる。アペプの右側をルシェが頼む。残りの一体は、みんなで頼んだ。アペプは毒かなんか飛ばすかもしれないから注意して」

俺とベルリアでスカラベに近付いていくが、攻撃パターンがわからないので俺が先に仕掛けてバルザードの斬撃を飛ばしてみる。外殻が、かなり硬いらしく命中したものの、あまり傷付いた様子もないので近付いて直接攻撃する必要がありそうだ。

俺の攻撃の直後、スカラベが何かのスキルを使用して一瞬でお尻の部分に大きな黒い玉が出来あがった。あれはまさかフンコロガシの糞か？

あれを転がしてどうするというのか？

ちょっとビビりながら様子を見ていると、スカラベは、いきなり後ろ脚でこちらをめがけて蹴り飛ばしてきた。

「うわぁっ！」

まさかの攻撃に俺は焦って避けたが、ベルリアは避けずに平然と糞の真ん中を斬った。

ただ斬られた糞の塊は先日の火の玉と同じように綺麗に左右に飛んでいくわけではなく、しっかりとベルリアの両肩に命中している。

「ふっ……つまらぬ物を斬ってしまった」

ベルリア格好つけている場合じゃない。完全に両肩がまずい状況だぞ。

スキルで現れた糞なので、俺がくらうと唯では済まない気がするが、なによりも、あれをくらいたくない。

三体のスカラベが絶え間なく糞転がし、いや糞飛ばし攻撃を繰り広げてくる。

正直避けるのに精一杯だ。

「ベルリア、お前これくらってもなんともないいんだよな」

「もちろんなんともありませんよ。ちょっと臭うだけです」

ちょっと臭うだけ……。

「お前盾になって近づいてみる？」

「マイロードの命とあらば」

「じゃあお願いするな」

ベルリアは、剣で糞を斬りながらどんどん前へと進んでいくので俺も遅れずに後ろをついていく。

すぐにスカラベの前まできたので、ベルリアの後ろから躍り出てバルザードを首の接合部分に突き刺して爆散させる。

ベルリアとの連携で同じ作業を三回繰り返して、ようやくスカラベ型を撃退できた。

アペプの方は既に一体はルシェが倒していたが、もう一体は未だ交戦中だった。

あいりさんが、薙刀で牽制しながら、ミクとヒカリンが遠距離攻撃を仕掛け、とどめはスナッチが高速移動しながら『ヘッジホッグ』を発動して戦闘が終了を迎えた。

「スカラベは思った以上にやばい敵だったな」

「マイロード、あの程度の攻撃私にかかればものの数ではありません」

「うん、ベルリア少し離れてくれるかな」

「マイロードどうかしましたか？」

「あ～ちょっと肩がな」

「肩がどうかしましたか？」

「うん、ちょっと臭う」

「……」

他のメンバーもそれとなくベルリアと距離をおいている。

やはりスカラベは、かなりの難敵だった。

残された、スカラベとアペプの魔核を回収しているとシルが話しかけてきた。

「ご主人様、足下から魔力を感じます」

「下？　まだモンスターがいるのか？」

「いえ、モンスターの感じではありません。おそらく魔力を帯びた空間か何かだと思います」

「魔力を帯びた空間？　前にあった隠し通路みたいなものか？」

「おそらく同種のものかと思われます」

「でもなシル。下って砂しかないんだけど、掘るのか？　残念だけどスコップとか持ってきてないぞ」

「いえ私におまかせください」

シル、本当に大丈夫か？

「シル、まかせてくれって言ってもな。どうするんだ」

なんとなく嫌な予感がする。

「ご主人様そこを退いてください。見ていてください。我が敵を穿て神槍ラジュネイト」

シルが足下に向かって神槍の一撃をぶっ放すと、足下の砂がクレーターのように吹き飛んでなくなり、そこに石の床のようなものが出現した。

恐る恐る、床に降りてみるがやはり扉のようなものは見当たらない。

「シル、入口っぽいのはないけど、この中に何かあるのか？」

「はっきりとはわかりませんが、おそらくこの床の下に新たなダンジョンがあると思われます」

「それが本当だとしても潜るのは難しいかもな。入口がどこかにあるのかもしれないし、この砂じゃ探して回ることもできないから」

「ご主人様、問題ありません。おまかせください。我が敵を穿て神槍ラジュネイト」

『ドガガガガーン』

シルが、また神槍の一撃を床にぶっ放した。

「ご主人様、問題ありませんでしたね」

床には、ぽっかり大きな穴が開いているが、これって問題ないのか？

器物損壊とかで賠償請求とかされないよな。黙っておけば大丈夫か？

内心焦ってしまったので、メンバーに視線を向けるが、三人ともにスッと目線を逸らされてしまった……。

「か、海斗。もう開いてしまった穴は塞がらないんだから。ね！　しょうがないでしょ。先に進んでみる？」

「でもこれ進んで穴が塞がったら出られなくなったりしないのか」

「ご主人様。問題ありません。塞がってもまた穴を開けるだけですので大丈夫です」

まあ、シルなら穴を開けることは問題ないだろうな。

「せっかくだから行ってみようか。だけど前回の隠しダンジョンはレアモンスターの強力なのが出現したから、慎重にいこう」

「ちょっと待ってください。海斗さんは以前も隠しダンジョンを攻略したことがあるのですか？」

「ああ大分前になるけど五階層で隠しダンジョンを発見して攻略した事があるんだよ」

「あの時の隠しダンジョン攻略したのって海斗さんだったのですか？　ちょっと噂になっ

てましたよね」

「そうだったかな。とりあえずエリアボスっぽいのが出てきて死にかけたから今回も要注意だ。でも結構いい魔核が手に入って、うまい具合に進学の費用が稼げたんだよ」

結局全員で床の穴に潜ることにしたが、穴から下を覗くとそれなりに高さがあったので、床の端にぶら下がりながら思い切って飛び降りた。

飛び降りた床には砂はなく全体に石造りになっているようだ。

飛び降りてから気がついたが、これって帰りはどうやって戻ればいいんだろう？　降りることはできたけどこの高さを自力で登るのは無理だな。

やばい……。

もう飛び降りてしまった以上、今更考えても仕方がないので一旦思考をストップさせることにした。もしかしたら都合よく進んだ先に出口があるかもしれないしな。

程なくして全員が穴から降りてきたので、周囲を見回すとかなり薄暗いがしっかりとダンジョンの通路が存在しているようだ。

「みんな、焦らず慎重に進もう。前回の時はトラップが結構あって俺死にかけたんだよ。矢とかも滅茶苦茶痛かったけど、特に電撃のトラップは地獄に落ちかけたんだ。意識を失ってその時の記憶は、いまだにあやふやなんだよな」

「か、海斗！　もう過去の事はいいだろ。い、今が大事だろ！　過去にとらわれるなんてお前はバカなのか？」

なぜかルシェが突然口をはさんできたが、言っていることは間違いではないので、素直に聞いておくことにする。

「ベルリア先頭に立ってくれるか？　飛んでくる矢とか前方には注意してくれ。特にルシエ、お前が罠にかかったせいで俺が死にかけたんだから今回は本当に注意してくれよ」

「わ、わかってるって。大丈夫だよ」

「まかせてください。私に矢は効きません。しっかり役目を果たします」

「頼んだぞ」

とりあえずシルの探知能力をあてにしながら先に進むことにしたが並びはベルリア、俺、シル、ルシエ、三人、最後尾にスナッチで行くことにした。

ベルリアとは少しだけ距離をとって進む。

前回は罠に対しての耐性が全くなかったが今回はベルリアがいるので、かなり有利に進めることができるのではないだろうか。

とりあえずみんなの安全に最大限気をつけながら慎重に進んでいこう。

今のところまだモンスターに遭遇していないのでよくわからないが、モンスターがいないという事はないだろう。

「シル、敵の気配ってないのか？」

「ご主人様、向こうに一体気配は感じるのですが、どうやら通常のモンスターではないようです。感じが違います」

やっぱり、この隠しダンジョンも普通ではないらしい。

「みんな、注意してくれ。ベルリア特に頼むぞ！」

「おまかせください」

全員で前方に進んでいると一体のモンスターが仁王立ちしているのが見える。

そこに立っていたのはワニの頭を持ったワニ男だった。

「みんなワニ男だ。見るからにやばそうだな」

「海斗、多分なんだけど、ワニ男じゃなくて、格好からしてセベクじゃないかな？」

「ミク、セベクってなに？」

「あんまりメジャーじゃないかもしれないけど、一応古代エジプトの神なんだけど知らない？」

「ごめん。全く知らない。だけど神って……やばくないか？　うちにも神がいるけど半分だけだぞ。もしかして負けてるんじゃないか」

「それはなんともいえないけど外見だけならシル様の圧勝でしょ」

「いや、今はそこではないと思うけど」

「シル、なんかあれ神っぽいんだけど、大丈夫かな。攻撃してもバチが当たったりしないかな」

「いえあれは神ではありません。神格ほどの力を感じませんのでおそらく偽神です」

「偽神？」

「はい。神の姿と力を模倣した者の事です。神ほどの力はありませんが、かなりの力を持っているのは間違いありません。全力でいきましょう」

「みんな、一斉にかかろう。ヒカリンは『アイスサークル』で動きを阻害して。ミクは『幻視の舞』を頼む。ルシェは『破滅の獄炎』、シルは『鉄壁の乙女』でみんなを護れ！俺とベルリアとあいりさんでしとめましょう」

指示を終えてヒカリンの『アイスサークル』が偽セベクを覆った瞬間を見計らって、俺達三人が飛び出す。

氷漬けで動けないはずが、氷の内部から植物が大量に発芽して一瞬で氷を砕いてしまった。

予想外の事に焦ってしまったが、今更プラン変更の時間はない。間髪を入れずに敵に『破滅の獄炎』が襲いかかったが、植物のバリアとでもいえばいいのだろうか、偽セベクの周りを繭状に包み込んだ植物が燃え上がっただけで、本体にダメージを与える事はできなかったようだ。

その状況にスナッチが『ヘッジホッグ』を発動するが、やはり植物のバリアに阻まれてしまった。

後方では『鉄壁の乙女』の光のサークルに沿って植物が大量に発生して、覆いつくそうとしている。

「ルシェ焼き払え。ベルリア、あいりさん、近接で三方から攻め立てますよ」

俺はバルザードの斬撃を相手に向かって飛ばしてから、すぐに交戦状態へと突入した。

バルザードでは長さ的なハンデを感じたので魔氷剣を出現させ、切断のイメージをのせて斬りかかる。あっさりと植物のバリアは突破したものの、偽セベクの持っている剣で受け止められてしまった。

その瞬間、武器破壊を試みるがタイミングの問題なのか相手の武器が特殊なのかうまくいかなかった。

俺の攻撃に合わせてあいりさんとベルリアも左右から攻撃する。あいりさんは『斬鉄撃』を発動して、一撃で植物のバリアを斬って落とすが、二撃目を加える前にバリアが復活してしまった。

ベルリアは少し威力が足りないのか手数で補い、覆った植物を取り払っているが、やはり本体までは到達していない。

植物魔法とでもいうべきスキルだろう。植物なので単体ではそれほど強度を持たないが、群生する事でかなり厄介だ。

偽とはいえ神とつくだけあり、俺の魔法とは比較にならない威力だ。

このままでは埒があかない。

ミクの『幻視の舞』も効果はなかったようなので、このまま三人で押し切るしかない。

俺は戦いの最中に頭をフル回転させながら現状の確認と戦略を練っていた。

「ベルリア、俺と攻撃のタイミングを合わせて一箇所を交互に攻めるぞ。あいりさんは今のまま攻撃を続けてください」

俺が斬撃を飛ばすと同時に二人で攻撃を開始するが、相手も予測していたのか植物のバリアと同時に、大量の植物の蔓が俺に向かってきた。

足下に絡みついてくるので、無視できずにバルザードで斬って落とすが、そのせいで完全に機動力を奪われる。おまけに蔦に結構大きな棘があってスーツの上からでも地味に痛い。

俺だけ手間取ってしまいベルリアと息を合わせて攻撃することができない。

「あいりさんも攻撃に加わってください」

二人ではキツイので三人でかかる事にしたが、先程と同じように俺に向かって植物魔法を発動してきた。だが植物バリアとは同時に一箇所しか発動できないのか、あいりさんと、ベルリアへの攻撃はなかった。おかげで二人はフリーで攻撃を仕掛けることができ、あいりさんが薙刀で植物バリアを斬って落とし、そこを狙ってすぐさまベルリアが踏み込んで斬りつけるが、偽セベクの剣で防がれる。ベルリアも負けじと連撃を加えるが相手もそれに合わせて剣を振るう。

ベルリアと互角以上の剣さばきなので、かなりの使い手に見えるが、時間の経過と共にまた植物のバリアが修復してしまった。

残念ながら三人でも手数が足りない。

後ろを見ると光のサークルに纏わりついていた植物は消失していたので、後方のメンバーに援護を頼む。

「ルシェ『破滅の獄炎』を頼む。焼けた直後にヒカリンも『ファイアボルト』を！」

あいりさんとベルリアにはアイコンタクトを済ませて攻撃に備える。

ルシェの『破滅の獄炎』が炸裂して、植物バリアを焼き払うと同時にヒカリンの『ファイアボルト』が発動し、炎雷が敵を捉えた瞬間、偽セベクは、手に持つ剣で魔法を切り裂いた。

それとほぼ同時にあいりさんとベルリアが踏み込んで、敵本体に斬りかかる。俺は、なぜかまた植物の蔓が襲いかかってきて、身動きが取れなかった。

あいりさんが袈裟懸けに一太刀浴びせかけて、怯んだところをベルリアがさらに踏み込んで滅多斬りにした。

敵の本体も結構な強度があるようで、ベルリアの攻撃がなかなか致命傷にはならないようだったが、あいりさんが二撃目を繰り出した時点で、決着がついて消滅させる事に成功した。

「あいりさんやりましたね。かなり手強かったけど、エリアボスだったんですかね」

「ご主人様、おそらく違います。ドロップアイテムが何もありませんので」

偽セベクのいた所を見るとたしかに何もない。

何故か、魔核もない。

なぜ……。

「ご主人様、明らかに特殊なモンスターなので通常とは違うのかもしれません。ただ、ここが隠しダンジョンである以上、どこかにエリアボスは存在していると思われます」

通常と違うのはわかったが、どうやら悪い方に違うらしい。結構大変だったのに何もなし。なんかこの隠しダンジョンけち臭い。

「海斗、明らかに通常のモンスターよりも強かったよね。私のスキル通用しなかったみたいだし」

「まだわからないけどミクのスキルはこのエリアのモンスターには効果が薄い可能性も考えておいた方がいいかもしれないな。もしそうなら次からは後方から魔核銃で支援を頼むよ」

「わたしの『アイスサークル』もあまり効果がなかったのです」

「それも、もしかしたら相性とかあるのかもしれないし、『アースウェイブ』と併用してみて、それでもダメだったら支援は諦めて『ファイアボルト』で攻撃するのに回ってもらおうかと思う」

「わかったのです」

「とにかく、シルの言うようにどこかにボスっぽいのがいると思うからそれを倒すまで頑張ろう。ドロップもそれまでには何か出るかもしれないし、経験値も稼げてる気がするから」

まさかだけど経験値は稼げてるよな。まさかドロップと同じで経験値もなしとかはないと思いたい。少なくとも強い敵と戦ったことで戦闘スキルはアップした筈だけど。

不安に思いながらも偽セベクを倒してから探索を再開したが、内部はかなり遺跡っぽい。

ピラミッドとかにはもちろん入ったことはないが、イメージでいうとそんな感じがする。

探索者というより冒険家にでもなった気分でちょっとワクワクしてしまう。

「ご主人様、敵です。今度は二体です。おそらく先程と同等以上の力がある気がします」

「みんな、落ち着いて相手をよくみて戦おう。シル、状況によっては攻撃参加を頼むかもしれないから準備はしておいてくれよ」

「かしこまりました」

そこから五十メートル程進むと今度は二体のモンスターが仁王立ちしているのがみえた。

このエリアのモンスターは仁王立ちが基本なのだろうか？

二体とも人型だが頭がそれぞれライオンと羊だった。

スフィンクスは人面ライオンだったが、今目の前にいるのはライオン面人間だった。

「海斗、セクメトとクヌムだと思う」

「ミク、なんでそんなに詳しいんだ？　俺そんな神の名前知らないんだけど、どっちがセクメト？」

「ライオンの方よ。前に興味があって色々調べたことがあるのよ」

「エジプトに興味があったのか？」

「カードゲームよ」

「ああ、そんな感じか。ミクってカードゲームとかやるんだな。それじゃあ能力とかわかるの？」

「クヌムは人間創造だったと思うけど。セクメトは伝染病の息を吐くと思う」

「おいおい、セクメトやばすぎるだろ。古代エジプトの伝染病の抗体なんか俺持ってるかな。母さんちゃんとワクチンうってくれてるかな」

「多分、一般的なワクチンじゃ無理じゃない？」

「シル『鉄壁の乙女』って伝染病防げるかな」

「あまり考えたことはありませんが、多分大丈夫じゃないでしょうか」

かなり怪しいが、ここはシルの言葉を信じるしかない。

「みんな偽セクメトは、先に遠距離から一気に叩くしかないな。ベルリアは毒に耐性があるって事は伝染病とかにも耐性があるのか？」

「モンスター程度の攻撃であれば全く問題ありません」

『それじゃあベルリアは近接で偽クヌムの足止めをしてくれ。その間に残りのメンバーで偽セクメトを殲滅しよう」

シルに頼んで、もしもの伝染病に備えて『鉄壁の乙女』を発動してもらう。

打合せ通り『鉄壁の乙女』のサークルからベルリアが飛び出していく。

俺はとりあえずバルザードの斬撃を飛ばすが、着弾と同時に他のメンバーも一斉に攻撃を開始する。

ヒカリンは『ファイアボルト』を連発し、ルシェも『破滅の獄炎』を発動して攻勢を強める。

あいりさんは魔核銃を連射する。ミクも『幻視の舞』を発動したようだが、偽セクメトに変化が見て取れないのを確認すると、すぐに魔核銃にスイッチして攻撃を開始する。ミクの攻撃を合図にスナッチも攻撃参加する。

俺も斬撃を重ねて使用制限の十発迄使い切る。

攻撃により周囲には粉塵が舞い、偽セクメトの様子がわからない。

しばらく様子をうかがっていると、徐々に粉塵が晴れてきたので偽セクメトの立っていたところを凝視するが、ボロボロの姿ながらどうやらまだ生きているようだ。しかも少しずつこちらに近づいてきているように見える。

「みんなやばい！　近づいてきた。攻撃は効いてるから倒れるまで徹底攻撃だ。特にルシエ、伝染病には炎が有効かもしれない。どんどんやってくれ！」

正直、『鉄壁の乙女』が病原菌にも有効かどうかわからない上に効果の切れ目を狙われたらやばい。一刻も早く倒すしかない。焦りながらもバルザードに魔核を吸収させて、攻撃する事に専念する。

他のメンバーも気持ちは一緒なのか、血相を変えてひたすら攻撃を集中させる。ルシェの攻撃も加わり、まさに絨毯爆撃状態になったが、生命力が桁違いなのか偽セクメトはボロボロの状態になりながら更に近づいてきている。

怖い……。

いつもと違った恐怖に耐えながら攻撃に集中していたが、偽セクメトは遂に光のサークルの目の前まで到達してしまった。

「ひっ……」

誰の声かわからなかったが、恐怖から声を上げたのはわかった。

俺も目に見えない病原体への恐怖から極度のプレッシャーを感じてはいたが、やるしかない。

俺は覚悟を決め目の前の偽セクメトに対してバルザードを突き出してねじ込み、瞬間的に破裂のイメージを目一杯重ねてやった。

恐怖と緊張からバルザードを握る手が汗ばむが、しばらく間があって、

『ボフゥン』

偽セクメトを爆散させる事に成功した。

なんとか偽セクメトを倒すことに成功したので、もう一体いるものの、異様な恐怖から解放されて力が抜けかけた。

見えない病原菌って本当に怖い。見えるわけではないので言葉だけしかわからないが、イメージすると怖すぎる。

至近で爆散したけど多分大丈夫だよな。あとでしっかりうがいと消毒をしておこう。

ほっとしながら、残った一体の方を見たが、大変なことになっていた。

ベルリアが奮闘しているが、あれはなんだ？

人形？　いやミクが人間創造と言っていたから人造人間か？

偽クヌムによって真っ白な人造人間が十体ほど生み出されており、ベルリアが片っ端から斬り伏せているがすぐに次の人造人間が生み出されている。

顔のない人造人間も一応手には武器を持っており十分に殺傷能力があるように見える。

「みんな、疲れてるところ悪いけどベルリアの加勢にいくよ。明らかにベルリアだけだと手数が足りないみたいだから。ミクとスナッチは本体を牽制して」

俺とあいりさんはそのままベルリアに並んで人造人形を倒しにかかる。

「マイロードご助力ありがとうございます。大した強さではないのですが斬っても斬っても減りません」

三人になったことで少しだけ余裕をもって対応できるようになったが、相手は常に十体なので依然劣勢が続いている。

「ルシェ、真ん中の奴らに『破滅の獄炎』を頼む」

ルシェの攻撃も加わり、一気に五体の人造人間を葬り去ることができたが、次の五体にかかっているうちに再度五体の人造人間が生成されて十体になってしまった。

偽クヌムのスキルによって人造人間が増え続け、相手のMPの底が見えない以上、ほぼ無限ループに近い。

何度かパーティアタックを繰り返してみたが、やはり根本的な解決には至らない。

ミクとスナッチも本体を攻撃してくれているが、大きな影響を与える事はできていない。

「シル、敵の本体に攻撃をたのむ」

「かしこまりました。偽物は消えてなくなりなさい。『神の雷撃』」

いつもの爆音と共に偽クヌムを雷の一撃が襲ったが、残念ながら消滅には至っていない。

さすがは神もどき。普通のモンスターとは強度が違うらしい。

「ルシェも本体を狙ってくれ。ヒカリン『ファイアボルト』でこっちの援護を頼む」

　偽クヌムをルシェにも攻撃させることにして、手薄になったこちらをヒカリンにサポートしてもらうことにしたが、敵の数が多く、気を抜くとすぐに手数が不足してしまいそうになるので、左手には魔核銃を携えなんとか補って戦う。

　苦戦しながらも人造人間を凌いでいると、クヌムの方で爆音が響き閃光と炎が見えた。

　どうやらシルとルシェでタイミングを合わせて同時攻撃を仕掛けたようだ。

　さすがに今度の攻撃には偽クヌムも耐えられなかったようで、体が半分吹き飛んだようだが、かろうじてまだ動いている。

　残念ながら人造人間は消滅しなかったので、ヒカリンのフォローを受け俺とあいりさんとベルリアで頑張って斬り伏せると、今度こそ再生することはなかった。

　死にかけの偽クヌムにはシルが再び雷撃を仕掛け今度は完全に消滅に至った。

　なんとか勝利することができたものの、倒した跡にはやっぱりドロップは何もなく、結果として偽クヌムを倒したのはシルとルシェになってしまった。

　全員が無傷で勝利したので良かったといえるが、このダンジョンのモンスターはやはりかなり手強い。

　これまでに三体出てきたが、いずれも古代エジプトの神を模倣したモンスターだったので、このまま進めば同種のモンスターの出現が予想される。既出の三体から推察するとそれぞれの個体が全く違う能力を発揮してくるので、この後もかなり苦戦しそうだ。

あとどのぐらいでエリアボスまで辿りつくのかわからないが、以前と同様であれば隠しダンジョンはそれほど広くないはずなので、このまま進めばそれほど遠くないタイミングで出会うだろう。

今の段階でも何体かエリアボスの可能性を思いつくが、今対峙していた相手を考えると、どこまで安全マージンをとって戦えるか不安が募る。

「ベルリア、この後の戦闘は、俺とお前で極力前にでて敵を倒すぞ。頼んだぞ」

「マイロードおまかせください。精一杯期待に応えます」

先へと進んでいくが、二体を倒してからはモンスターには出会っていない。

「みんな、なんとなくなんだけど、もうちょっとでボスのところまでつく気がするんだよ。気を抜かずにいこうか。多分ボスは古代エジプトの上位神もどきだと思うから十分に気をつけよう」

それからモンスターが出現しないまま進んでいくと先頭を歩いていたベルリアが、突然剣を一閃する。

一瞬何が起こったのかわからなかったが、ベルリアのすぐ前方の地面に細い串のようなものが落ちているのが見て取れた。

「罠か。ベルリア大丈夫か？」

「この程度問題ありませんが、複数が一斉に襲って来た場合は完全には対応しきれませんので皆様も注意してください」

今まで順調に来ていたので罠の意識が薄れていたが、隠しダンジョンだけあってしっかり罠も張られているらしい。

「みんな、ベルリアからちょっと離れて歩こう。俺達じゃこの細さの串の罠に対応できると思えないから」

今回は運良くベルリアが防いでくれたが、他のメンバーで対応できるのはシルぐらいだろうから、念のためにベルリアから少し距離をとって歩いて行く。

また暫く歩いているとベルリアが剣を一閃し、直後に俺の太腿と胸部に鋭い痛みが走った。

「うっ……」

見るまでもなく細い串状のものが足下に二本落ちており、胸部分のマントには小さな穴が空いている。

すぐさま後ろを向いて確認する。

「みんな罠だ！　大丈夫か？」

確認をしてみるがどうやら命中したのは俺だけらしい。もともと二本だけだったのか、他は命中しなかったのかはわからないがとりあえず、俺以外が無傷でよかった。

「マイロード大丈夫ですか?」

「いや、大丈夫じゃない。『ダークキュア』を頼む」

スーツに護られ刺さってはいないが、痛いものは痛い。

ベルリアから治療を受けて痛みが治まったので歩き出すが、突然俺の視界が一気に下がった。

「うわぁっ!」

今度は俺が歩いていた地面が突然抜けてしまい、急激に沈み込んだので咄嗟に地面の縁にしがみついたが、足裏に激痛が走る。

「痛ってー!」

痛みに驚き慌てて下を見ると剣山のようなものが足下に伸びてきており辛うじて足裏の辺りで止まっている。

「やばい! やばい。みんな助けてくれ! 引き上げて。やばい。急いで。ハリ〜!」

あまりのやばい状況に少しパニック気味になりながら騒いでいると、他のメンバーが急いで引き上げてくれた。

助かった……。

靴底を見ると穴が無数に空いて血が流れている。

もちろん痛いがそれよりも、もう少し下まで落ちていたらと思うと血の気が引いてしまった。

「マイロード大丈夫ですか？」

「いや、全然大丈夫じゃない。すぐに『ダークキュア』を頼む」

再度治療してもらったが、もちろん靴底の穴が塞がることはなかった。多少なりともこの靴の底が俺を守ってくれたかと思うと、感謝してもしたりないが、すぐに買い換えないと砂が底から侵入してきて、靴としての機能を果たしそうにない。

しかし、なぜか先に歩いていたベルリアは穴に落ちず、二番目の俺が落ちた。

なぜだ……。

まあ女性陣が落ちる事は想像したくないので、俺が落ちて事なきを得た？　と思えば納得できる気もする。

しかし、今回はルシェに巻き込まれたわけでもないのに罠にかかってしまっている。

俺って何か罠にかかりやすい体質なのか？　それとも末吉ってこんなのなのか？

「ご主人様大丈夫ですか？」

「ああ、もう大丈夫だよ」

「自分で落ちたな」

「ああ、自分で落ちたけどそれがどうかしたか？」

「いや、別にどうもしないけど自分で落ちたな」

「そうだな」

ルシェがちょっと嬉しそうに言ってくる。言いたい事はわかるが、罠にハマって死にかけた俺に対しての態度として、その感じはどうなんだと言いたい。

気を取り直して歩き出すとすぐにシルが声をかけてきた。

「ご主人様敵モンスターです。今度は三体です。気をつけてください。ベルリア見えますか？」

「はい。人型が三体です。トリ頭、犬頭と鼻の長い変な頭の三体です」

「ミク、何の偽神かわかる？」

「聞いた限りだと多分ホルス、セト、アヌビスだと思う」

「今度のは何となく、聞いたことがある気がするな」

「結構メジャーなんじゃないかと思うけど。だんだん有名な神になってきているわね」

だんだんメジャーな神もどきになってきているという事は、それだけ能力も高くなっているかもしれない。

慎重に進んでいくと俺の目にも敵が確認できるようになってきた。

「あいつらがエリアボスかな」

「いえ、多分次ぐらいじゃない？　一番有名なのがいないから」

「そうなんだ。ミク、相手の能力がわかる？」

「ホルスが月と太陽の目、セトが暴風と雷だったかな。アヌビスが死者を司るんだったと思う」

説明を聞いてもホルスの月と太陽の目はよくわからないがアヌビスが一番やばそうだ。

「偽アヌビスを優先して倒そう。ベルリア、ルシェ、シルの三人がかりで速攻でケリをつけてくれ。俺とミクとスナッチで偽セトをしとめる。偽ホルスは能力がよくわからないから、あいりさんと連携しながら、ヒカリンが魔法で足止めしておいて。俺達も片付き次第合流するから」

アヌビスの死者を司る能力は、何となく悪魔には効かなさそうなのでベルリアとルシェに期待だ。

射程に入り俺は偽セトに向かって斬撃を飛ばしたが、偽セトが何やらゴニョゴニョ言うと前方に突風が巻き起こり、斬撃が打ち消されてしまった。

「試しに『幻視の舞』を仕掛けてみて」

ミクがスキルを発動するが、偽セトに変化はみられない。やはりこのエリアの偽神には『幻視の舞』の効果がないらしい。

「ミクは魔核銃で援護を頼む。スナッチにも攻撃してもらってくれ」

ミクと話している間にも偽セトがゴニョゴニョやったら今度は雷撃が降ってきた。第六感とでもいうべき変な感じがして、その場から避けた瞬間地面が抉れてしまった。

シルの『神の雷撃』とは比べるべくもないが俺がくらうと、どう考えても唯では済まない。

「ミクやばい、下がってくれ」

俺は囮も兼ねてとにかく移動しながら、斬撃を飛ばし角度を変え攻撃を繰り返してみるが、やはり風に防がれてダメージが届かない。

これやばい。攻撃の手段がない。

他の二組に目をやるが、偽ホルスは、ミクが『アイスサークル』を連発してかろうじてとどめている。

偽アヌビスはサーバント三体に攻撃を受けて、徐々に弱っているのが見て取れる。

偽アヌビス以外はこちらが劣勢なので、どうにか時間をかせぐしかない。

ミクに被害が及ばないように俺とスナッチで攻撃をかけながら逃げるしかないな。

スナッチと連携が取れればいいのだが、残念ながら俺はカーバンクル語を話す事も理解することもできないし、俺のサーバントではないので、スナッチも直接俺の指示を聞いてくれるわけではない。今の段階ではおまけ程度に考えるしかない。

時々『ヘッジホッグ』を発動しているが、暴風も完全には『ヘッジホッグ』を防ぐことができないようで、何本かの針は本体に届いている。

全力で逃げているが、時々近い所に雷が落ちてきているのでスピードを緩める事はできない。

まだか。まだなのか。

再度、偽アヌビスの方に目をやると丁度シルが『神の雷撃』によって倒した瞬間だった。

地面へと倒れる偽アヌビスを見て、これで助けが得られると思った瞬間、なんと偽アヌビスが再度動き出してしまった。ほとんどゾンビ状態だが、これが死者を司るという能力なのかもしれない。

このままでは助けが来るまでにどれだけかかるかわからない。

ヒカリン達も早くしないと、いつガス欠になるかわからない。

やるしかない。

全力で逃げながら俺の覚悟が決まった。

遠距離からの飛ぶ斬撃は無効化されてしまうのでやるなら近距離攻撃しかない。

俺単体では正直厳しいのでミクとスナッチに助けてもらう。

「ミク、俺がしとめるから、スナッチに『ヘッジホッグ』を連発させてくれ。ミクも同時に攻撃して！」

そう指示を出しながらスピードを緩めずに偽セトとの距離を微妙に詰めていった。

スナッチが『ヘッジホッグ』を仕掛けて、ミクも魔核銃を連射してくれる。

作戦通り偽セトの意識はそちらに向き、スキルもスナッチ達の攻撃を防ぐために発動されているので、その隙を狙って一気に距離を詰めるが、一度では詰め切れなかった。

かなり距離が詰まった分、偽セトからの攻撃の着弾時間も短くなってしまっているので、雷攻撃をくらわないように、ほぼ全速力で逃げ回ることになった。

息が苦しい。いくらレベル18まで上がったステータスとはいえ、全速力で走れる時間はそれほど長くはない。だが立ち止まったらやられる。それだけは間違いないので、悲鳴をあげる肺と心臓に鞭打ちとにかく走る。

地上では体育の時間以外で走る事など皆無なので、ただ避けるために走るだけが厳しい。

「ミクッ、やばい！　もう一度頼むっ」

呼吸を阻害しないよう最低限の意思伝達をしてから再度全力で逃げるが、俺に残された時間はそう長くない。

再び『ヘッジホッグ』が発動し、偽セトの意識が一瞬俺から逸れる。

これで決めるしかない。

俺は全速力のまま最短距離で敵の後ろに回り込んで、そのまま踏み込みバルザードを敵の背中にねじ込んだ。

それと同時にバルザードに使用制限一杯まで破裂のイメージをのせて追撃をかけた。

どうだ？

『ボフゥン』

やった！

作戦がうまくいき、なんとか偽セトを倒すことに成功したが、休んでいる暇はない。ヒカリン達も完全に手詰まりとなっているので、一刻も早く助けに行く必要がある。

焦る気持ちを無理やり抑え込み、低級ポーションを取り出し一気に飲み干してからバルザードにも魔核を補充する。

体力の回復を感じながら偽ホルスに向かって駆け出して声をあげる。

「ミク、スナッチと一緒に援護してくれ」

指示を出してバルザードの斬撃を氷漬けになっている偽ホルスに放つが、その瞬間偽ホルスの月の目が光り、その効果で攻撃が無効化されたのか何も起こらない。

どうやら月の目は攻撃無効化らしい。ただし『アイスサークル』は無効化できていないので全てに効果があるわけではなさそうだ。

それじゃあ太陽の目はなんだ？

そう思った瞬間、太陽の目が光ったと思ったら肩口に激痛が走った。

「うっ痛い……」

一瞬の出来事に何が起こったのかわからなかったが、自分の肩口に目をやるとマントが焦げ、カーボンナノチューブのスーツに焦げたような小さな穴が空いており、そこから血が流れている。

今まで、物理攻撃はことごとく跳ね返してきたカーボンナノチューブのスーツが突破されてしまった。

今までの経験からこのスーツには絶対の信頼を寄せていたのに、穴が空いてしまっている。

正直かなりショックだ。

太陽の目から何かが出たのは間違いないが見えなかった。

ただ太陽の目というぐらいだから、超高温の炎かレーザーのようなものを射出して俺の目では追い切れなかったのだと推測はできる。

問題なのは、スーツを無効化されたという事が偽ホルスに俺の装備は全く防御的な意味を持たないという事を示している事だ。

「みんな近付くな。近付いたら危ない」

俺も一旦態勢を立て直すために全力で偽ホルスから遠ざかる。

あいりさんも今までこいつと戦っていた筈だが攻撃をくらった気配はない。

俺と何が違うんだ？

やっぱり俺が末吉だからなのか？

俺にばかり攻撃が集中する特殊体質なのか？

一瞬バカな考えが頭をよぎったが普通に考えてそんな事はありえない。

それなら素早く動くものに反応したのか？

とにかく、攻略方法を見つけないまま飛び込んでいく事は自殺行為なので遠距離攻撃を続けながら、様子を窺うことにした。

「海斗、大丈夫か？　何か攻撃を受けたように見えたが」

「あいりさん、ちょっとやばいです。カーボンナノチューブのスーツを貫通してしまいました。何をくらったのかわからないんですが、とにかく痛いだけです。あいりさんは大丈夫なんですか？」

「ヒカリンが『アイスサークル』を絶えずかけてくれているから今のところ大丈夫だ」

「いや、でもさっきも『アイスサークル』で氷漬けになってましたよね」

「そうだな……。どうしてかわからないな。海斗だけがターゲットなんだろうか」

そんな筈はないが、このままではヒカリンが先にダウンしてしまう。

「ベルリア、こっちを手伝ってくれ」

どうも、ベルリアが偽アヌビス戦ではあまり役に立ってなさそうなのでこちらを手伝ってもらうことにした。

「マイロード大丈夫ですか？」

「いや、だから毎回大丈夫じゃないって。はやく治療を頼む」

『ダークキュア』によって肩の痛みが取れてきたので、ベルリアに現状を話す。

「どう思う？」

「マイロード単純な話ではないですか」

「単純な話？　あいりさんは大丈夫で俺だけ攻撃くらったんだぞ？」

「はい。月の目と太陽の目の効果範囲の問題ではないですか？」

「効果範囲？」

「恐らく月の目の効果範囲は敵本体全体をカバーしているのでしょう。ですのであいり様の攻撃が通じなかったのでしょう。太陽の目は、恐らく目のカバーしている範囲、片側半分しか攻撃できないのではないでしょうか。本来であれば首を動かせば全方位攻撃が可能なのでしょうが、氷漬けになっているせいで首が動かせず片側にいる相手のみに攻撃しているのでしょう」

言われてみるとそんな気がしてきた。たしかにあいりさんと俺は反対方向から攻めようとしていた気がする。ベルリアやるな。

「じゃあ、試しに月の目の方から攻撃してみてくれるか」

「かしこまりました」

ずるい気もするが、防御無効の状態の今、確信のない状態でもう一度自分で突っ込む勇気がない。

ベルリアに全てをまかせて様子を窺ってみるが、ベルリアはスルスル近付いていって攻撃をくらうことなく敵に斬りつけた。

ただ、月の目が光ってベルリアの攻撃は、ほとんど効果を発揮していないようにもみえる。

どうやらベルリアの仮説は正しかったようで本当に攻撃を受ける事なく偽ホルスまで辿り着くことができた。

俺もベルリアの通ったルートを辿って近付くことができたが、念のため目の届かない後方に回り込んで、バルザードを突き入れる。

触れる瞬間に大きな抵抗を感じたが、そのまま押し込むと無事突き刺さすことができた。

突き刺した瞬間偽セト戦の時と同様に破裂のイメージをのせる。

『ボフゥン』

破裂音と共に偽セトは爆散して消滅した。

かなり苦戦したが、なんとか二体目も倒すことができた。

偽アヌビスの方を見ると、シルとルシェのコンボスキルを受けて木っ端微塵となり、さすがに今度は再生できなかったようでそのまま消滅してしまった。

それにしてもサーバント三体で臨んでこれだけ時間がかかってしまった事を考えると、やはり一番手ごわいのは偽アヌビスだったのかもしれない。

いずれにしても三体ともかなりの強敵だったのは間違いないが、やっぱりドロップアイテムは何もない。

さすがにエリアボスまで何もないとは思えないが、これだけ苦労したのだから今までの分も上乗せで期待したい。

「海斗、多分次がエリアボスなんじゃないかな。だんだんメジャーな神もどきが出てきているからそろそろ一番有名な神もどきが出る頃だと思う」

「ミク、事前に少しでも対策しておきたいから、出てきそうな奴の特徴と能力を教えておいてもらえるかな」

それからパーティメンバー全員で情報を共有して作戦を練ってから先に進む事にした。

しばらく進むと目の前に今までとは違う光景、石造りの大きな扉が出現した。

「ご主人様、間違いありません。中から三体の気配を感じます。先程までのモンスターよりも強力な力を感じます。その中の一体は特に大きな力があるようです」

三体という事はミクの予想通りのようだ。

「みんな覚悟はいいね。打ち合わせ通りにいくよ」

俺はパーティメンバーの顔を見回してから、石扉に手をかけた。

「ん⁉」

形状的に押し扉だと思うが動かない。

再び全力で押し込んでみるが全く動かない。

スライドする可能性も考えて横に向けて力を加えてみたがやっぱり動かない。

「海斗、どうしたの？　進まないの？」

「いや、それが動かない」

「えっ？」

「石だからか全く動かないんだ。ベルリア手伝ってくれるか」

「かしこまりました」

「んんっ！」

今度はベルリアと力を合わせて押し込んでみるが動かない。

「あ〜、申し訳ないけど、全員で押してもらっていいかな」

再度メンバー全員で押してみると今度はわずかに動いたが、開くところまではいかない。

どうやら純粋(じゅんすい)に重すぎるだけのようだ。

これを造った奴は何を考えているのかわからないが重すぎて扉として機能していない。

人間だけだと数十人で押し込むしか方法がないかもしれない。明らかに攻略難度が高すぎる。

「ご主人様、ここは私におまかせください」

まあ、それしかないよな。

「うん、頼んだ」

「我が敵を穿て神槍ラジュネイト」

『ズガガガーン』

爆音と粉塵を巻き上げながら石扉の片方が吹き飛んだ。

「みんないくよ」

出足でつまずいてちょっと締まらないなと思いながらも打ち合わせ通りベルリアを先頭に扉の中に駆け込んで臨戦態勢を整える。

目の前には予想通りの特徴を備えたラー、オシリス、イシスを模倣した三体が玉座と思しき椅子に座っていた。

俺達のとった作戦はとにかく数的優位を最大限に生かして速攻で敵の数を減らす事。

ラーとオシリスは死を司っている為アヌビス同様すぐには倒せない可能性が高いので俺達のターゲットはイシス集中だ。

先程の戦いでも結構一杯一杯だったので打ち合わせ通りシルに『戦乙女の歌』を発動してもらう。

ラーとオシリスをミク、スナッチ、ヒカリン、ベルリアに足止めを頼み、俺とあいりさんとルシェでイシスを撃破する。

『戦乙女の歌』の効果で体が軽い。敵の能力に警戒しながらも時間をかけるわけにはいかないので、速攻で向かっていく。あいりさんも俺と並走する。

ルシェが俺達の移動に合わせて『破滅の獄炎』を発動するが、『戦乙女の歌』の効果で明らかに火力が上昇している。

これでしとめられたらいう事なしだと思ったが、獄炎が偽イシスに襲いかかる瞬間偽イシスの周りに氷の壁が生じて炎を阻んだ。

氷系の能力を有しているのはわかったが、俺達の足下からは植物の蔓のようなものが次々に発生して足に絡みついてこようとする。

上昇したステータスの恩恵で素早くステップを踏んで蔦に捕らわれないよう移動を繰り返すが、さすがエリアボスの一角だけあって二属性以上のスキルが確定してしまった。

止まると蔓が絡まって捕まってしまうので動き続けながらも、接近を試みる。

あいりさんが先に射程に入り薙刀の一撃を見舞い、一旦は氷の防御壁に阻まれるが『斬鉄撃』の効果で氷の壁をそのまま突破する。

俺もタイミングを合わせ追撃するべくバルザードの斬撃を飛ばすが、今度は植物の繭に攻撃を阻まれてしまった。

どうやら眼前の偽イシスは二属性での同時防御が可能のようなので、恐らく攻撃も同じくだろう。

とにかく他の二体を足止めできる時間にも限りがあるので、速攻しかない。

俺はそのまま、偽イシスの正面まで突進していった。

「おあああああっ！」

バルザードを偽イシスに向かって振るう。

そういえばエリアボスって一体だけを指すのだろうか。今俺達は三体相手にしているがこれは三体でエリアボスなんだろうか？　それとも一体がボスで二体はおまけなんだろうか。

緊迫した戦闘の中で緊張しすぎたのか、ふとおかしな事が頭をよぎってしまった。

目の前の偽イシスにバルザードを突き立てようとするが植物が邪魔で届かない。

偽イシスもドーンと構えて動かないでいてくれると助かるが、当然そんな都合よくはいかず普通に動き回るので偽イシスの動きに合わせて俺も移動しながら指示を出す。

「ルシェ先に攻撃してくれ。あいりさんと俺で同時に攻撃を！」

ルシェの『破滅の獄炎』が炸裂した瞬間、俺とあいりさんが踏み込んで斬りつける。

あいりさんの一撃が植物をなぎ倒し、その隙間を狙って俺がバルザードを突き入れるが敵本体の防御力のせいか刃が通らない。

「くそっ、硬い！」

再度攻撃をかけようとするが、既に植物の繭が復活していて突き入れることができない。

目線でルシェとあいりさんにコンタクトを取り、再度同じ攻撃を仕掛ける。

今度は隙間に差し込む瞬間に刺突のイメージを重ねて突き入れると手応えがあった。

「このまま消えろ～！」

そのまま破裂のイメージを連発する。

『ボフゥン』

バルザードが目一杯威力を発揮してイシスの腹部が半分以上吹き飛んだが、まだ消滅には至っていない。そして最後の抵抗か巨大な氷の塊が俺に向かって落ちてこようとしていたので全力で回避する。

その瞬間、横からあいりさんが薙刀を一閃してイシスの胴体は完全に切断されて消滅した。

どうにか一体を撃破したので残りは二体だが厄介な二体だ。

どちらもが死に関係する能力を持ち合わせていると思われるので、直ぐには撃破できないだろう。

「ルシェ、あいりさん、フォローに入るよ」

偽ラーはベルリアが対峙しており残りの二人と一体でオシリスを抑えている。

ベルリアは、普段よりも動きがいいようにみえるので、今回少しは『戦乙女の歌』の恩恵を受けているのかもしれない。以前は効果ゼロだったのでシルからの信頼が少し上がったのかもしれない。

よかったなベルリア。

ただ、『戦乙女の歌』の恩恵をもってしても一人で抑えるのはかなり困難のようで、すでにかなりの手傷を負っている。

多分、偽ラーが一番強そうなので、このままベルリアに踏ん張ってもらい、俺は偽オシリスにターゲットを絞る。

あいりさんにベルリアのサポートを頼んで俺とルシェは偽オシリスへと向かう。

偽オシリスもヒカリンが『アイスサークル』で抑えてはいるが、やはり効果の持続時間が短いようで連発している。

偽オシリスに向かう途中で『戦乙女の歌』の効果が切れたので、再度発動してもらい偽オシリスに攻撃を仕掛ける。

氷漬けになった所をそのままバルザードでぶった斬るが、斬ったそばからオシリスの身体がくっついていく。

再生する癖に、ぶった斬られて怒ったのか、氷漬けの状態でスキルを発動したようで漆黒のスケルトンが十体現れた。

普通のスケルトンならそれほど問題にならないがこいつらは黒い。何か違うかもしれないと思い慎重に対峙するが、黒いスケルトンがいきなりファイアボールを撃ち出してきた。しかも十体同時にだ。

俺は十方向からの攻撃を全力で回避する。

「ルシェやばい。頼む！　一気に焼き払ってくれ」

ルシェにお願いして獄炎で焼き払って貰うが、ブーストされた獄炎でも一発で三体が限界のようだ。すぐに俺も参戦してどうにか十体を始末するが、始末した瞬間新たに十体の黒いスケルトンが現れた。

「まじか……」

どうやら偽クヌムの時と同様に本体を潰さないといけないらしい。

だけど偽オシリスを倒すには俺では火力が足りない。

恐らくルシェじゃないと無理だが、ルシェ一人だけでは厳しいだろう。こうなったらシルと同時攻撃しかない。

ただ、シルが攻撃するという事は『戦乙女の歌』のブーストがなくなるという事だ。

それはオシリスを倒す迄の間、ブーストなしの状態の俺一人で十体の黒いスケルトンを相手にするという事を意味している。

正直かなり厳しい。

でもやるしかない。やってやる。

「シル、ルシェと一緒に偽オシリスを叩け。ミクは俺を、スナッチはベルリア達をフォローしてやってくれ！」

『戦乙女の歌』のブーストがなくなれば俺だけではなく、ベルリアにとっても多少なりとも影響が出るはずだ。あいりさんがフォローしているとはいえ、一番強そうな相手に戦力低下は致命的に思えたのでフォローを頼む。

あとは、俺だ。俺が時間を稼ぐしかない。

『戦乙女の歌』の効果が切れたのを感じた瞬間、

「ウオオオオォォオオオー！」

腹の底から声を出す事でアドレナリンを極限まで放出して自分の気持ちと身体を奮い立たせる。

バルザードには使用制限があり、多くの助けが望めない以上、俺にできる戦法は限られている。

十回の攻撃で十体を倒す事は、ほぼ不可能なので頭の中で完全に割り切った。

最低限の手数で可能な限り倒してあとは敵を引き連れて逃げて時間を稼ぐ。

今度も十体が同時にファイアボールをぶっ放してきたので、とにかく避ける事に集中する。避けた瞬間一番手前のスケルトンに向かって理力の手袋の力で足首を掴んで思いっきり引き倒す。

踏み込んで倒れたスケルトンの頭部をバルザードで突き刺し即座に破壊する。

まずは一体。

斬撃を飛ばす事も考えたが、ファイアボールで相殺される可能性があり、残弾の問題で直接攻撃を最優先にする。

再度九体のスケルトンがファイアボールを仕掛けてきたので再び避ける。

『ドンッ！』

「グゥウウウウ」

視界の外から飛んできた一発が命中してしまった。熱いし痛いが、スーツとマントが守ってくれたので死んではいない。

「海斗！　やらせないわ！」

ミクが魔核銃でスケルトンに牽制してくれたので、その間にどうにか立て直す。

一瞬怯んでしまったが、先程と同じ要領でもう一体を引き倒して撃破する。

残り八体。

ファイアボールに警戒しながら低級ポーションを取り出して一気に飲み込む。

ポーションの効果は絶大で痛みと疲労が即座に取れた。

二体は減ったものの、複数の同時攻撃をいつまでも躱し切れるとは思えない。

早々に当初の計画は、破綻してしまった。

回復と同時に攻撃されるよりも素早く一体のスケルトンの足を掴んで、引き倒している間に斬撃を飛ばし隣のスケルトンを攻撃する。

残念ながら、攻撃を読まれたのか、周囲のスケルトンが放ったファイアボールで斬撃を相殺されたので間髪を入れずに、二撃目の斬撃を飛ばし一体を撃破して、そのままの勢いで倒れているスケルトンの頭にバルザードを突き立てる。

どうにか四体しとめたが一呼吸おいた瞬間に、また攻撃をくらってしまった。

「ぐぅうう」

ファイアボールにばかり気を取られていたせいで、注意が疎(おろそ)かになっていた。

側面へと回り込んできたスケルトンが手にしている剣(けん)での直接攻撃をくらってしまった。

ある程度仕方がない事だが、敵の数の多さからファイアボールでの遠距離攻撃の回避に集中しすぎていて直接攻撃への注意が甘(あま)かった。

「うううぅっ」

「海斗、大丈夫？　それ以上海斗にちかづくな～！」

ミクが魔核銃で俺(おれ)を斬りつけたスケルトンへと攻撃してくれる。

おかげで少しだけ間が空いたので、その隙を突き痛みをこらえ斬りつけてきたスケルトンに斬り返し頭蓋(ずがい)を割る。

これで五体。

偽オシリスの方に目をやると、シルとルシェが連続攻撃を仕掛けている。ヒカリンが足止めした状態で攻撃を繰り出しているので、一方的な戦いになっているようだ。このままいけばもう少しで撃破できそうな気がする。

シル達に目線を向けていると、再びファイアボールが迫(せま)ってきたので必死で避けるが、数が多く避け切れない。咄嗟(とっさ)に斬撃を飛ばして相殺し回避した。

これで俺に残された残弾はあと三発だが、残された黒いスケルトンは五体。

半分に減ったとはいえ、五体もいるので気をぬく事はできない上に、俺も手傷を負ってしまっている。

正直かなり分が悪い戦いだがやるしかない。

斬られたところが痛むが、まだこの戦いの大勢が決していない以上、低級ポーションの使用は極力控えたい。

いざとなったら徹底的に逃げてやる。絶対に捕まってやらない。死ぬ気で逃げてやる。

対峙している間にも五体のスケルトンがそれぞれにファイアボールを放ってくる。

なんとか避けてはいるが、敵も俺の戦闘パターンを学習したようで、距離を詰めずにそれぞれ時間差で撃ってくるので、徐々に追い詰められてくる。

精神的にも追い詰められシル達の方に目をやるが残念ながらまだのようだ。

意を決してバルザードの斬撃を一番近くのスケルトンに向かって飛ばす。一撃目が相殺されるのを見越して時間差でもう一撃放っておいたので、二撃目でうまく倒す事に成功した。

あと一発。

さすがにこの状況で次の敵を一発のみで倒す事は難しい。俺は左手に魔核銃を携えて連射する。

俺の動きに呼応してミクも同じ敵に向けて魔核銃で攻撃してくれる。

スケルトンに対して魔核銃の効果は薄いが、連射により注意を引いたところを、一気に距離を詰めて、バルザードを一閃してしとめた。

「ほらっ、こっちだ。こい。お前らなんか相手にならないぞ！」

正直スケルトンに言葉が意味を成すのかはわからないが、僅かでも効果がある事を期待して挑発する。

俺にはもう魔核銃しかないがブラフでバルザードも構えながら、少しずつ後退する。

スケルトンも警戒してそこまで距離を詰めてはこない。

どうにかこのまま本体を倒すまで時間が稼げればいいという考えが頭をよぎったが、二体のスケルトンがシル達の方を目指して動き始めた。

思った様にいかないもんだなと、どこか冷静に考えながら、シル達へと矛先を変えたスケルトンに向けて理力の手袋による、不可視のパンチ攻撃と魔核銃連射により再び注意をこちらに引き戻す。

下手に逃げたり手を止めると、シル達の方に向かってしまう。

とにかく今は弾が尽きるまで攻撃し続けるしかない。

無駄撃ちに近いのはわかっているが、注意を引くためにとにかく撃ち続けながら、シル達から徐々に遠ざかっていく。

それにつられて三体のスケルトンも俺の方に向かってくるが、ファイアボールによる攻撃は継続している。

「シル、ルシエ、まだか？　そろそろやばい。急いでくれ！」

「まかせてください。これで終わりにします。『神の雷撃』」

「余裕だって。これで終わりだ。『破滅の獄炎』」

俺の言葉に呼応してシルとルシェが雷炎のコンボでラッシュをかけて遂にオシリスを撃破した。

「シル、ルシエ、俺もう弾切れだからこっちも頼む」

「かしこまりました。ご主人様は下がっておいてください」

「弾切れってダサいな。まあ海斗にしては頑張った方か。問題ない。わたしにまかせとけって」

二人のありがたいお言葉に、俺は急いで戦線を離脱してバルザードに魔核を補充するが、その間にスケルトン三体はシルとルシェの攻撃によってあっさりと消滅してしまった。

さすが、半神と悪魔。俺は死ぬ気で頑張って、七体倒したが、彼女達にかかると三体が一瞬だった。

わかってはいるが、彼女達と自分の距離を再認識してしまう。

落ち込んでいる暇などないので、ラーの方に目を向けると、あいりさんとベルリアが前線に立ち、スナッチが後方から攻め立てているのが見えた。だがよく見るとベルリアの左腕がない。

「みんなベルリアがやばい！　ラーを速攻で撃破するぞ」

そのまま俺はベルリアの位置まで走っていって、スイッチする。

「ベルリア！　自分に『ダークキュア』をかけろ。俺が時間を稼ぐ！」

ベルリアにこれほどの手傷を負わせる相手と俺がやりあえる自信はないが、時間ぐらいは稼いでみせる。

初見殺しとでもいうべき理力の手袋の力で足首を掴んで一気に引き倒す。

バランスを崩し引き倒したところにバルザードの斬撃を目一杯浴びせかけてやった。

どうだ？　しとめたか？

完全に俺のパターンにはめてやったぞ。

偽ラーの動きを注視する。

まあ、あまり期待はしていなかったが、ラーはしっかりと立ち上がってきてしまった。

だがこれで最低限の時間は稼げたはずだ。

「マイロードありがとうございます」

ベルリアの方を見ると切断されていた左腕がしっかりと元に戻っていた。以前、腹に空いた穴が塞がったので驚きはないが『ダークキュア』すごいな。

「話している暇はないぞ。全員でかかるんだ」

強敵とはいえ、ベルリアが凌げていた相手なので全員でかかれば問題なく倒せるだろう。

「ヒカリン、足止めを頼む。シル、ルシェもタイミングを合わせて攻撃をかけてくれ」

『アイスサークル』

偽ラーが氷漬けになった瞬間、全員で総攻撃をかけるが、偽ラーの身体全体が炎に包まれたと思うと氷が一気に溶け出した。

それでも僅かに生まれた拘束時間で一斉に攻撃できたものの、炎が去ると無傷の状態の敵が現れた。

「ヒカリン、もう一度頼む」

短時間でも拘束できるのであれば、さらなる攻撃で倒してしまえばいいと考え、指示を出すが、一向に二発目の氷柱は出現しなかった。

「ヒカリン？」

「海斗さん。すいません。魔力切れなのです。これ以上魔法を使えません」

よく考えると、隠しダンジョンに入ってからサーバントを除くと一番活躍していたのはヒカリンだ。『アイスサークル』を連発していたので魔力切れを起こすのも無理はない。

むしろその可能性を頭から除外していた俺が悪い。

「ヒカリン、すまない。低級ポーションを飲んで、休んでおいてくれ」

『アイスサークル』がなくてもこのメンバーなら十分いける。

「ベルリア、前衛頼む。俺もフォローするから」

今度はベルリアと俺とあいりさんで偽ラーを三方から攻撃するが、ラーの目が光ったと思うとピンク色のレーザー光線が飛び出した。

なんだこれ。超人アニメかロボットアニメの世界だな。

幸い命中はしなかったが、おそらくベルリアの腕を切断したのもこの攻撃だろう。

『ウォーターボール』

氷で目から発射されるレーザーを反射してくれないかと淡い期待を抱いて、俺はシールド状の氷をラーの顔前に発動させた。

再び目が光ってレーザーが発動した瞬間、俺の薄っぺらい氷の盾は蒸散して跡形もなくなってしまった……。

ある程度予想できたことではあるが、ちょっと切ない。

気を取り直し、目を狙ってバルザードの斬撃を連発する。

それに呼応してシルとルシェもスキルを発動して攻撃をかける。

まだ、倒せてはいないが、確実に効果は出ている。

このまま押せばいける。

「ミク、スナッチにも頭部を狙わせてくれ」

こいつの一番のポイントは目なのでとにかく、それを発動できないように頭部を集中的に狙う事にした。

バルザードの攻撃も頭部に集中させているので、俺達の攻撃を捌きながらレーザーを発動することは難しいようだ。

シルとルシェの攻撃も続いており、かなりの有効打となっている。

相手の意識が完全に頭部へと集中したのを見計らって、あいりさんが足下を薙ぎ払う。

「うまいっ！」

思わず声が出てしまったが、さすがあいりさん。完全に虚をついて『斬鉄撃』で偽ラーの足に深手を負わせた。

このままいける。そう思った瞬間、偽ラーの全身から炎が噴き出して、炎が収まるとなんと傷が癒えていた。

「それは、反則だろ」

こいつ回復スキル持ちか。

そして何故か回復した偽ラーの鳥頭が羊頭に変化していた。

なんだこれ。着せ替えマジックか？

「海斗、ラーは二面性があるのよ。太陽の部分が隼、闇の部分が羊で表されるの。羊は死の世界を体現しているの」

死の世界……。

また、スケルトンか何かを生み出すのか？　それともゾンビ化でもするのか？

いずれにしても、回復スキルを持っている以上、今のままでは勝てない。

回復できないほどのもっと強力な一撃を加えないと消滅させることは難しいだろう。

こうなったらあれしかないのか。

使いたくないな。

使わずになんとかならないだろうか。

無理だろうな……。

「ヴェーーーーエエエーーー！」

してしまった。

前触れなく突然偽ラーが大きな声で鳴き出したので、パーティメンバー全員がビクッとしてしまった。

なんだ？　気合いを入れたのか？

次の瞬間、俺は自分の目を疑ってしまった。

先程倒した、イシスとオシリスが再生していく。

嘘だろ。消滅したモンスターの再生。完全な反則技。本物のチートじゃないか。

みるみるうちにイシスとオシリスが完全な形で復活してしまった。

「海斗、これはまずくないか。どうする？」

「こうなったらとにかくラーを先に倒すしかありません。イシスとオシリスをいくら倒しても、これじゃあきりがないでしょう。残念ですが火力的に今のままでは厳しいのでルシエにやらせます。ただ俺は完全に動けなくなるので、イシスとオシリスはベルリアとあいりさんで足止めを頼みます。ミクとヒカリンもできるだけフォローして時間を稼いでくれ。シルはどちらにでもいけるように待機」

「ルシェ『暴食の美姫』をやってくれ」

俺は覚悟を決めてルシェに伝える。

「ふふっ。久々だな。本当にいいのか？　身体は大丈夫か？」

「そんなふうに笑いながら言われても全く説得力がないぞ。思い切ってやってくれ」

「ふふっ。それじゃあいくぞ？　『暴食の美姫』」

「ぐううっ……」

来た。久々のこの感じ。やっぱりきつい……。

一度経験した事があるのである程度の心構えはできていたものの、生気が抜けていく。

「る、ルシエ。はやく、はやくしてくれ。ううっ」

俺は目の前にいる絶世の美女と化したルシェにお願いする。

それにしても俺の新しいスキル苦痛耐性（微）は何か意味があるのか？　全く仕事をしてくれている感じがしない。正直苦痛しかない。

「それじゃあ、とりあえずさっさと片付けるかな。『爆滅の流星雨』」

きた。ルシェがスキルを発動した瞬間、ダンジョンを得体のしれないプレッシャーが支配する。

『ズドドドドゥゥウン～』

本物の流星と見まごう程の異常な熱量の炎の塊が偽ラーに向けてとめどなく降り注ぐ。

どうだ？　しとめたか？

流星雨により周囲には粉塵が巻き起こりよく見えない。

這いつくばりながら、偽ラーの方を見てみるが、粉塵の奥で人型に炎が立ち上っているのがわずかに確認できる。

「ほう。頑丈だな。いや再生したのか？」

粉塵がおさまってくると、そこには偽ラーが炎の中に無傷の状態で健在だった。

それにルシェ、何が「ほう」だ。余裕ぶってる場合じゃない。

信じられないがルシェの流星雨を耐えきった。耐えきったというよりも再生してしまった。

「う、ウプッ」

「あとどのぐらい大丈夫なんだ？　海斗」

やっぱりこいつ、身体と一緒に態度もでかくなってる。だから嫌だったんだよ。

「ＨＰが増えたからな。あと九十秒ぐらいはいける。でも大丈夫なわけじゃない。死にそうに気持ち悪い」

相変わらず二秒にＨＰ1が減り続けている。ＨＰが増えた事で大凡、二分間はいけるようになったが、こんな最悪の状態を二分間続ける事が厳しい。

「しょうがないな。わたしのおかげだからな。あとで何かサービスしてくれよ」

「わ、わかったから、ふぅ、ふぅ、無駄口たたくな。はやくしてくれ」

「くたばれ羊の偽物野郎。わたしの前に現れたことを後悔するんだな。『神滅の風塵』」

ベルリアを葬り去ったスキルだ。

猛烈な暴風が偽ラーに集約していく。

「ヴェエエエエ」

圧倒的な力が偽ラーを抑え込み、その存在を消し去っていく。

偽ラーは押し潰されその姿を肉塊へと変え、更に圧縮を続けそして完全に消えた。

消え去った虚空を観察するが、再生する気配はないようだ。

「よ、よくやった。はやく次にいってくれ」

「まあ、親玉倒したんだから焦らなくて大丈夫だって。余裕だしゅっくりいこうぜ」

でたよ。こいつわざとだ。また俺が苦しむのを見て楽しむつもりだ。

「る、ルシェ。ふざけてると、あとでお仕置きするぞ。またおしりペンペンするぞ」

「ふふっ、冗談だって。さっさとやるよ」

絶世の美女と化したルシェにいじられるのは一部のそういう趣味趣向を持った人にはたまらないのかもしれないが、どノーマルの俺には全く嬉しくない。

むしろこの風貌で優しくしてもらえれば俺のモチベーションも上がるのに、まさに小悪魔という感じのルシェは、極限の状態では、本当に扱いに困ってしまう。

世の中思うようにはうまくいかないものだと改めて感じてしまう。

「ううっ。ルシエ、早くしてくれ！　他も早く倒してくれ。うぇっぷ」

「しょうがないな。そんなに海斗がお願いしてくるなら頼まれてあげようかな。ふふっ」

ルシェに焦らされるこの時間が辛い。生命を吸い取られていっている感覚がきつい。

ようやくルシェが攻撃に移ろうとした瞬間、ベルリアが抑えていた偽オシリスが発光したと思ったら、なんと完全に消滅したはずの偽ラーが眼前に復活してしまった。

「え……うそだろ」

よく見ると、そのままではなく干涸びた感じがあるのでミイラ化して復活したのか？

いずれにしても、偽ラーと偽オシリスそれぞれが復活スキルを持っていたようだ。

これって、まさか無限ループなのでは……。

「ルシエ……。遊んでる場合じゃないぞ。早くしないと俺死んじゃう」

いずれにしても、この無限ループを抜け出すには、この二体をほぼ同時に倒さなければいけないが、ルシェはともかく先程の戦いからもシルだけでは一体を瞬時に倒す事は難しい。

どうすればいい。こうしている間にも俺の生命が減っていく。頭が正常に回転してくれない。

「る、ルシェ、さっきの『神滅の風塵』って連発できるのか？」

「まあできない事はないけど、今は完全じゃないからちょっと難しいかもな」

できないのか……。

どうする？　オシリスの方はシルに賭けるか？

いや、ダメだった時のリスクが高すぎる。

「シル、『戦乙女の歌』を発動してくれ。ルシェ、シルの力を借りてできないか？」

「やった事がないからわからない。まあやってみるけど」

「それじゃあ、ルシェいきますよ。ご主人様の命がかかっているのですから真面目にやるのですよ。『戦乙女の歌』」

頭の中にシルの歌声が微かに流れて『戦乙女の歌』の発動を知らせるが、俺の状態は何一つ改善していない。残念ながら『戦乙女の歌』は生命を吸い取られている状況ではほとんど意味をなさないらしい。

「くたばれ死に損ない。わたしの手を何度も煩わせるな！　地獄に落ちて二度と戻ってくるなよ。『神滅の風塵』」

再び、ミイラ化したラーに向かって急激に風が集中していく。

「お前も冥府に戻れ。『神滅の風塵』」

間髪を入れずに今度はオシリスに向かって風の暴力が集約されていく。

やればできるじゃないか。どうやら『戦乙女の歌』の効果で、連続してスキル使用が可能だったようだ。

ミイラ化した偽ラーも偽オシリスも、ほぼ同時に消滅した。

あとは偽イシスだけだ。

「ルシエ、はやくしてくれ。もうだめだ。もう限界だ」

「せっかくわたしが活躍したんだから、ここは、ちょっと余韻に浸ろうぜ」

「そんなもん浸るわけないだろ。はやくしろ。まだ残ってるんだぞ！」

やばい、無駄なお喋りの所為で本当に限界が近づいてたので、慌てて低級ポーションを一気に呷る。

これであと二分以上は死なない。

「それじゃあ、そろそろやるけど、終わったら何してくれるんだ？」

「何ってなんだよ。とにかく急いでくれ」

「一緒にシャワー」

「は!?　無理無理。絶対無理」

「それじゃあ、このままもうちょっと休憩しちゃおうかな」

「いや、それは困るけど、絶対無理。この場は生き残っても社会的に死ぬ！　うぷっ」

こいつはこんな時に何を言いだすんだ。それにしても気持ち悪すぎて吐きそうだ。

「それじゃあ、おまけしてお姫様抱っこしてくれよ」

「お姫様抱っこ？」

「あ～ちょっと眠くなってきたんけど。まったりしようかな」

「わ、わかった。終わったらお姫様抱っこな。いくらでもしてやるよ」

「してやる？」

「くっ。さ、させてください」

「そんなに頼まれたらしょうがないな。ふふふっ」

俺の返事に納得したのか、ルシェはそのまま偽イシスの方に向かっていき、

「お前で最後だ。わたしのお姫様抱っこのために消えてなくなれ。『神滅の風塵』」

スキルを発動した。

偽イシスに向かって再度風の力が急激に集まり、そのまま偽イシスは消滅してしまった。

「ルシェ姫様。さすがです。素晴らしいお力です。この身が果てるまで一生お仕えいたします」

おいおい、ベルリアが恍惚の表情で変なこと言ってるぞ。仕える相手はルシェじゃなく

て俺だろ。

三体の消えた跡をしばらく窺ったが、復活する気配はない。

どうにかエリアボス三体の撃破に成功したようだ。とにかくよかった。

「ルシェ、よくやった。もういいぞ。はやく『暴食の美姫』を解除してくれ」

「もっと褒めてくれていいんだぞ」

「あ、ああ、すごかったな。ううっ。はやくしてくれ」

「もっといっぱい褒めてくれていいんだぞ」

「なっ……。すばらしい。最高だった。エクセレント……うぇっぷ」

「まあ、そんなところかな。それで約束だけど、わかってるよな」

「わかってるよ。お姫様抱っこだろ。はやくしてくれ」

この無駄話の間にもどんどんＨＰが減っていく。もう三分以上、強烈な吐き気と闘っている。そろそろ解放されないと気を失ってしまいそうだ。

「他にも何かないのか？」

「何かってなんだよ」

「プレゼントとか、プレゼントとか」

「くっ……。何が欲しいんだ」

「いっぱいの魔核とか、たっぷりの魔核とか。ふふっ」

「わかった。わかったよ。多めに渡すって。だからはやくしてくれ」

「もう、しょうがないな。次が早くくるといいな」

そう言うとルシェは元の姿に戻ってくれたが、次なんてないほうがいいに決まっている。

「はぁ、はぁ、はぁ」

何とか今回も死なずに済んだが、やはり『暴食の美姫』はリスクが高すぎる。

この小悪魔に俺の命運が握られてしまう。

恐らく本気で俺の生命を奪い取ってしまう気はないと思う。ないとは思うがそれを試してみるにはリスクが高すぎる。俺の生命は一つしかないので賭けの対象になり得ない。

俺は最後の低級ポーションを飲み干してようやく一息つくことができたが、ＨＰが回復したにもかかわらず身体の芯が重い。

第三章　新たな力

腰（こし）を下ろしてゆっくりしようとするとベルリアの身体全体が発光しはじめた。
どうやらこの戦いでレベルアップを果たしたようだ。
気になったのですぐにベルリアのステータスを確認する。

種別　士爵級悪魔（ししゃくきゅうあくま）
NAME　ベルリア
LV　1→2
HP　70→78
MP　85→89
BP　90→99
スキル　ダークキュア
　　　　アクセルブーストNEW

装備　魔鎧　シャウド
　　　　バスタードソード

シルとルシェのレベルアップを見ているせいか、数値の上昇はサーバントとしては少々物足りない気がする。

ただし、新しいスキルが発現している。

アクセルブースト　……　物理攻撃時に魔力をのせる事により威力を加速させる事ができる。

このスキルはベルリアにはかなり良い気がする。

今までベルリアには剣による通常攻撃しかなかったので、威力不足の事も多かった。それがこのスキルを使えば解消するのではないだろうか。ベルリアは元々ＭＰが多いので魔力不足になる事もなさそうだ。

「ベルリア、良かったな。レベルアップと同時にスキルが発現したようだな。しかもベルリアにはぴったりのスキルっぽいし」

「マイロードありがとうございます。これでもう私が他のモンスターに後れをとることは有り得ません。これまで以上に頑張ります」

一息つきたかったがルシェがうるさいので、先に魔核をたっぷり渡しておいた。不公平にならない様、シルとベルリアにも多めに渡しておいたが、かなり消費してしまったので、また放課後は一階層で魔核集めに没頭しなければならない。

その後、少し落ち着いてから三体の敵が消滅した場所をじっくりと見回すと、今回は三つのドロップアイテムがしっかり残されていた。

さすがに、これだけ苦労してエリアボスまで何もなしでは厳し過ぎるので、しっかりドロップしていてホッとした。

ドロップ品は三点。

一つは見た瞬間にわかる代物で金属製の鎧だ。

色は真っ黒で上半身をカバーするタイプの金属製の鎧。俺に似合うとは思えないが、単純にファンタジー物の主人公のようでカッコいい。

ただし、以前も金属製の鎧は試着してみたが重すぎて動けそうになかったので残念ながら売却する事になるだろう。

残りの二つは当たりだといいな。

残りの二つだが一つは銃だ。

しかし魔核銃とはなんか違う。バレットを装填する箇所がないのと、結構小型だ。

もう一つは、マジックジュエルだ。茶色なので恐らく土系ではないだろうか。

銃と鎧はギルドで鑑定してみないと性能はわからないがマジックジュエルは誰が使っても有用なのは間違いない。

「みんな、マジックジュエルなんだけど、あいりさんに使ってもらおうと思うんだけどいいかな」

「いや、私は別にいらないぞ」

「いえ、パーティのバランスを考えた時に近接戦闘のできるあいりさんが魔法も使えた方が、戦力アップすると思うんです」

「わたしもそう思うのです。あいりさんが使うのがいいと思うのです」

「私もいいと思う」

みんなの同意も得る事ができたので早速あいりさんにマジックジュエルを使用してもらう。

「あいりさん、どうですか？」

「ああ、おかげで私も無事魔法使いになれたよ。ふふっ」

とても嬉しそうだが、自分が魔法使いになれた時の感覚は今でも覚えているので、気持ちはよくわかる。

「どんな魔法ですか？」

「思ってたのとはちょっと違ったが、『アイアンボール』だ」

『アイアンボール』か。土系だからてっきり壁とか穴とか土が出てくる魔法だと思っていたが、確かにアイアンも土系といえば土系だ。

「あいりさん、試しに一発撃ってもらってもいいですか？」

「わかった。じゃあやってみるぞ。『アイアンボール』」

あいりさんが魔法を発動すると、俺の水玉同様、野球の球ぐらいの鉄球が出現してそのまま勢いよく壁に激突してめり込んだ。

すごいな。俺の『ウォーターボール』とあいりさんの『アイアンボール』同じボールなのにこの違いは何だ？

俺の『ウォーターボール』は殺傷能力がほぼゼロだったのにあいりさんの『アイアンボール』は完全に殺人兵器だ。野球の球の大きさの鉄球が高速で飛んでいく。

正直恐ろし過ぎる。

魔核銃が豆鉄砲に思えるほどの威力だ。

「あいりさん……すごいじゃないですか。これで遠距離攻撃もバッチリですよ。モンスターも頭にこれをくらったらタダでは済みませんよ。羨ましい……」

「海斗？」

「いえ、なんでもないです」

「じゃあ、この鎧は海斗さんですね」

「いや、俺が装着するのはちょっと無理かもしれないな。恥ずかしい話だけど前にプレートメイルを装着したら重くてまともに動けなかったんだ」

「海斗、どうせ持って帰る時には装着しないといけないんだから、装着してみれば」

「ちょっと待ってくれ。俺が持って帰る前提か」

「他に誰もそんなに大きくて重い鎧を運べないでしょ」

「いやベルリアとか」

「マイロード、さすがに鎧を二領身に着けることはできません」

「海斗、せっかくだからつけてみてよ」

ミクがあまりに勧めるので装着してみる事にしたが、そもそもこの鎧真っ黒だけど呪われたりしてないよな。

「シル、この鎧って大丈夫？　真っ黒だけど呪われたりしてないか？」

「多分大丈夫だと思います。特に邪悪な感じはしません」

持って帰るために俺はシルの言葉を信じて鎧を装着してみる事にした。

こんな金属鎧なんか、滅多に装着する機会もないのでかなり手間取ったが、どうにか装着できた。

試しに歩いてみる。

あれ？

なんか普通に歩ける。

多少の重さは感じるが、妙に軽く感じる。

試しに走ってみるが、普通に走れる。

金属でこの重さ。もしかしなくてもマジックアイテムっぽいな。

漆黒の鎧にマント……。

俺大丈夫だろうか。

「ミクさん……これ本当に大丈夫か？」

「まあ、結構いいんじゃないかな。コスプレイヤーみたいじゃない」

「冒険者とか勇者のイメージはあるけど、探索者ではあんまり見ない格好だよな」

「その鎧、黒いから勇者って感じじゃなくて、どっちかというと悪者じゃない」

「悪者……」

「ご主人様、私も鎧姿ですので、お揃いです。いいと思います」

まあ、ギルドで鑑定してもらうまでは何ともいえない。他に運ぶ術もないのでとりあえずこのまま着用して帰ろう。

残りの一つは弾倉のない不思議な銃だが、まず間違いなくマジックアイテムだろう。もし誰でも使えるようなら、直接的な攻撃手段が少ないミクに使ってもらうのがいいと思う。

ドロップアイテムにばかり気を取られていたが、レベルアップしているかもしれないと思いステータスを確認してみた。

LV　18→19
HP　65→70
MP　40→42
BP　66→71
スキル
スライムスレイヤー
ゴブリンスレイヤー（仮）
神の祝福

ウォーターボール
苦痛耐性（微）
愚者の一撃　ＮＥＷ

「おおっ。新しいスキルが発現してる」

スキル欄に表示が増えているのに気が付いて喜んだのもつかの間、そのスキル名にあまり良い予感はしない。

『愚者の一撃』？

なんか微妙な名前のスキルだ。

愚者の一撃　……　自分のＨＰと引き換えに強力な一撃を放つ事ができる。スキル発動後の残ＨＰはランダムで１から９となる。

これって……。

また俺の生命を犠牲にするスキルじゃないか。しかもスキル発動後に残るＨＰが１～９。

１って転んだら死ぬんじゃないか。

『暴食の美姫』といい俺の生命がそんなに欲しいのか？

そもそも愚者ってダメな意味で使われる言葉だし、これはまた死蔵させるしかないか？

俺の生命を削ってどのぐらいの威力が出せるのかはわからないが、『暴食の美姫』との使い分けは、敵の数次第だろう。

『暴食の美姫』を使用すると、俺は完全に戦闘不能になるので、複数を相手にする場合は、俺単独で発動できるこのスキルの方が優先される気がする。

せっかく発現したスキルだが、発動後のＨＰの残量があまりにリスキーなので使う事があるのか不明だな。

そういえば他のみんなはどうだったんだろうか？

「みんな、俺レベルアップしてたんだけど、みんなはどうかな」

それぞれにステータスを確認してもらったが、三人ともがレベルアップしていたものの、今回スキルを発現したのは俺だけだったようだ。

それにしても、この隠しダンジョン、広さはそれほど広くなかったが、敵の質はやたらと高かった。偽ラーに至っては、偽神とはいえ、士爵級悪魔と遜色ない強さだった。

お陰で達成感も半端じゃなくあるのだが、ＨＰは全快しているものの『暴食の美姫』を使用したせいで、身体の芯に残る疲労感で身体が重い。

とにかく早く帰ってベッドで眠りたい。

「よし、敵も倒したしみんな帰ろうか」

「海斗さん……。どうやって帰るのですか？」

「あっ！」

戦いが終わったので全部終わった様な錯覚を起こしていた。

疲労感で頭が回っていないのか、よく考えると帰る方法がないんだった。

「みんな、その辺りにゲートか階段がないか探してみよう。シルもおかしい所がないか確認してくれ」

それから俺達は全員で周囲の壁や地面をくまなく探してみたが、何もない。

三十分程探してみたがやっぱり何もない。

どうすればいいんだ。この隠しダンジョンは一方通行なのか？

エリアボスを倒しても帰り道がないとは、なんて趣味の悪いダンジョンなんだ。

これは困った。

「う〜ん。やばいな。みんなどうしよう」

「海斗……もしかして私達ミイラとりがミイラになっちゃった？」

「ミクさん、うまく言ったつもりかもしれないけどそれはシャレにならない。まあ、このままだと本当にそうなるかも」

「ご主人様。帰り道などなくても心配ありません。安心してください」

「いや、シルこれは無理だろ。どこをどうやったら安心できるんだ。不安しかないよ」

「大丈夫です。皆様で元の位置まで戻りましょう」

他に方法もないので、不安を抱えたままシルに言われるままみんなでついて行くことにした。

「シルどうするんだ？」

元の位置まで戻ってきたのでシルに尋ねると
「皆様ロープか何かお持ちでしょうか？」

「いや、そんなの俺は持ってないけど」

他の三人も首を振る。

落ちることを想定していなかったので誰もロープは持っていないようだ。

「それでは申し訳ありませんが、皆様の衣服等で紐を作って頂いてよろしいでしょうか？」

シル……。

衣服って言われても女性陣の服を脱がせて切ったりするわけにいかないだろう。

俺しかいないじゃないか。

しかも、ロープにして脱出する長さの生地。

マントしかない。

短い付き合いだったが、シルのことを信じて俺はマントを切り刻んで紐を作る事にした。

切り刻んだ生地をつなぎ合わせて一本の紐に仕立てたが、まだ長さが足りないというので、スーツの下に着ていたシャツも切り刻んで長さの足しにした。

「少し短い様ですが、これでやってみますね」

シルはそう言うと、繋ぎ合わせた紐を受け取ってそのまま翔んだ。

「おおっ！」

文字通り翔んでいる。

背後に生えている羽をパタパタと動かして翔んでいる。

今まで、翔んでいる姿を見たことがなかったので飾りの様に思っていたが、しっかりと翔ぶ機能を備えていたらしい。さすがはヴァルキリーだ。

シルはすぐに穴の上部に到達して抜け出す事に成功した。

「それでは今から紐を垂らしますので、お一人ずつ上がってきてください」

そう言ってシルが紐を垂らしてくれたが、微妙に長さが足りず、俺が手を伸ばしても届かない。

仕方がないのでまずは、ベルリアを俺の肩に立たせて上に登らせる事に成功した。

同じ要領でルシェも上まで登ることができた。

問題はここからだ。

女性陣三人と俺がどうやって登るかだ。

さすがにサーバントのように、俺の肩の上に立ってもらう事は難しいだろう。

色々考えてみたが余り選択肢がないので、俺が四つん這いになり、その上にあいりさんも四つん這いで乗ってもらい二人ピラミッドを作って、ミクとヒカリンには更にその上に立ってもらい、紐を掴む事に成功した。

力の入り難い紐一本だがレベルアップしたステータスのおかげで二人とも難なく登っていった。

残るは俺とあいりさんだが、あいりさんには俺を台にしてジャンプしてもらう事にした。

「ぐっ！」

いくら女性とはいえ思いっきり背中に踏み込まれるとかなりの圧力がかかってきた。

ジャンプして掴んだ紐が切れないか心配だったが俺の高級マントから作っただけあってしっかり持ちこたえてくれた。

残るは俺一人となったが、どうやったらいいだろうか。

「お～い。どうにか紐を伸ばせないかな」

ジャンプしてみたり色々やってみているがどうしても届かない。

「仕方がありませんね。私の服を繋ぎ合わせましょう」

シルが鎧を脱ごうとするのが見えたので慌てて止める。

「シル。ちょっと待て。それはやめてくれ。気持ちは嬉しいがそれはダメだ。絶対にダメ」

シルの服を脱がせて紐にするのはまずい。ここを乗り切ることができたとしても社会的に終わる可能性があるので、そんな事をさせるわけにはいかない。

「それじゃあ、わたしが代わりに脱いでやるよ」

今度はルシェが服を脱ごうとしているのが見えたので、焦って止める。

「ちょ、ちょっと待て。ダメだ。それもダメだ。やめてくれ。気持ちは嬉しいから」

このサーバント達は本当に俺の事を考えてくれているのだと思うが非常に危うい。危なすぎる。ルシェのはわざとな気もするが。

「しょうがないですね。それでは私が一肌脱ぎましょう」

今度はベルリアが脱ごうとしているのが見えたので、そのままにしておいた。

ベルリアなら問題ない。

まずはシャツを脱いでつないでくれたが、あと僅か届かない。

「仕方がありませんね。ほかならぬマイロードの為です。これが最後の一枚ですよ」

暫く待っていると僅かばかり、紐が伸びてきて漸く手が届いたので、紐を伝ってそのまま登りきることができた。

「ベルリア、助かったよ。最後の一枚ってもしかして」

「マイロードの為です。全く悔いはありません。今度新しいものを頂ければ幸いです」

「おおっ。何枚でも買ってやるよ。本当に助かった。ありがとうな」

「お役に立てて光栄です。またいつでもお申し付けください」

今度ベルリアには下着を買ってきてやろう。特にパンツは破れに強そうなのを何枚か買ってきてやろうと心に決めた。

鎧でよくわからないが、おそらく中はスッポンポンのベルリアを先頭に急いで十階層のゲートを目指す。

隠しダンジョンでかなり消耗してしまった上にマントもなくなってしまったので、あまりゆっくりしてはいられない。

もしかしたらマントだけ別売りしているかもしれないのでマントに付属していた超小型エアコンは念の為に回収しておいた。

ヒカリンもレベルアップによりMP切れから回復しているので『アイスサークル』を多用してもらい、なんとか暑さを凌いで目的地へと到達することができた。

「着いたな」

疲れた……。

他のパーティメンバーもレベルアップしたことで、ステータス上は回復しているが一様に疲れた表情を見せている。

ギリギリの戦いで精神がすり減っているのを感じてしまう。

「みんな、シャワーして帰ろうか」

「そうだな。そうしよう」

各自わかれて空いているシャワーブースへと向かう。

俺はベルリアと一緒にシャワーを浴びる。

「ベルリア、今日の敵は強かったな」

「あの程度の敵、私にかかればものの数ではありません」

「よく言うよ。ベルリア片腕なくなってたじゃないか」

「あれは、油断です。油断さえしなければあのような失態は起こりえませんでした。今後は羽虫のような相手にも油断などせずに対処したいと思います」

どう考えても押されていたと思うけど、ベルリアは本当に負けず嫌いだな。

俺は普通に死にそうだったから、あのレベルの相手と戦うのは当分遠慮したい。

「ベルリア、今度パンツを買ってきてやるけど、どんなのがいいんだ？」

「特に希望はありませんが、マイロードとお揃いの物を頂ければ嬉しいです」

「そうか。全く同じのはあるかどうかわからないけどボクサーブリーフでいいんだな。次までに買っておくよ」

「はっ、ありがたき幸せ」

パンツを買ってやってありがたき幸せと言われるのはどうかと思うけど、そのパンツの最後の一枚のおかげで無事に脱出できたのだから、極力いいのを買ってやろう。

シャワーを浴びてから解散しようとしたが、なぜか向かいのルシェの強烈な視線を感じる。

「なんだ？　なにか言いたいことでもあるのか？」

「まさか忘れてないだろうな？」

忘れる？　なにを？

すぐには何の事か理解できなかったが、ふっと天啓が降りてきた。

「あ、ああ、もちろん覚えてるよ。当たり前じゃないか。俺がルシェとの約束忘れるはずないだろ。ははは。今か？　今がいいのか？」

「いや、覚えてるならいい。今度ゆっくりしてもらうからな」

「ああ、まかせとけ」

気が抜けたのと疲労もあって、ルシェとの約束は頭の中から消え去ってしまっていた。

もし完全に忘れていたら、今頃どうなっていたか想像するのも恐ろしい。

「それじゃあ、みんな明日は休養日に充てようと思うんだけどいいかな。一応ドロップアイテムの鑑定だけ行ってこようと思うんだけど。みんなも一緒に行く？」

「一応、ギルドに報告もしないといけないだろうから、私も一緒に行こう」

あいりさんの言葉に他の二人も同調したのか、ギルドへは明日四人で向かうことになった。

とにかく今日は帰って夕飯を食べたら寝よう。

その日の夜は疲れから早い時間にベッドに入り泥の様に眠った。

翌朝、目覚ましの音で目を覚ますが『暴食の美姫』の影響か朝起きても、いつもより身体が重い気がする。

なんとか朝の支度を済ませて待ち合わせの時間に遅れない様にギルドに向かうと既に他の三人は集合していた。

「おはようございます。お待たせしました。それじゃあ報告から行こうか」

ギルドに着いてから四人で一緒に日番谷さんの窓口に並んで待つことにする。

「こんにちは。今日は魔核の買取でしょうか？」

「いえ、ドロップアイテムの鑑定を頼みたいのと、少し報告したい事があります」

「はい。どうされましたか？」

「俺達、今十一階層に潜っているんですけど」

「素晴らしいペースですね。さすがです」

「あ～え～っと。それが十一階層の途中でほんの少し床に穴を空けたんですよね」

「穴ですか⁉」

「地面の下に隠しダンジョンがあって、入る為に小さな小さな穴を空けたんです。でもちゃんと攻略してきましたよ」

「隠しダンジョン⁉　まさか二つ目ですか？」

「はい。そうなんです。結構強い敵ばっかりでした」

「隠しダンジョンなんてそんなに見つかるものじゃないんです。しかも二つ目ですよ。高木様のパーティはやはり普通ではないですね。さすがは『黒い彗星』です。隠しダンジョンではどんなモンスターが出現したのでしょうか？」

「日番谷さん……。『黒い彗星』って。本気で言ってますか？」

「ふふっ。半分は本気ですよ」

「あの～。ちょっといいですか？　『黒い彗星』ってなんの事ですか？」

「えっ、ご存じないんですか？　最近巷で流行っている高木様の二つ名ですよ」

まずい。

「あっ、日番谷さんっ。その話はいいですよ」

「海斗って二つ名があったの？　しかも『黒い彗星』ってなんかカッコいいじゃない」

「いや、それは……」

「海斗さん。どうして『黒い彗星』なんですか？」

「それは……」

「超絶リア充『黒い彗星』が正式名称ですよ」

「あぁ……」

「海斗、超絶リア充『黒い彗星』とは、いったいなんなんだ？」

ここまでバレてしまっては、もうどうしようもないので、観念して二つ名の由来を話すことにした。

「それで最近、黒ヘルメットをやめてたのね。言ってくれればいいのに」

「そうですよ。わたし達は海斗さんがそんな人じゃないのわかってるのです」

「そうだぞ、隠す必要なんか全くないぞ。むしろ『黒い彗星』かっこいいじゃないか。鎧

も黒い鎧が手に入ったしぴったりじゃないか。ヘルメットなしでも十分黒い」

正直、変に思われないか心配だったが杞憂に終わったようだ。一朝一夕ではないメンバーとの絆を感じる。

よかった。

「海斗さんにそんな度胸はないですよね」

「ああ、ありえんな」

「超絶リア充っていうより超絶ダンジョン厨って感じね」

信じてくれているのはうれしいが、若干違った感じな気もしなくもない。

「それはそうと、ダンジョン内はエジプトの神を模倣したモンスターばっかりでした」

「神を模倣ですか？　そんなモンスターを相手に皆様、お怪我はなかったのですか？」

「俺とサーバントが怪我しただけで済みました。よかったですよ」

「よかった？　それで高木様は大丈夫だったのでしょうか？」

「肩口をレーザーみたいなので焼かれたり、剣で斬られたり、ファイアボールくらったりしたんですけど、もう治りました」

「高木様。それはとても大丈夫とは思えないのですが……。とにかく後で奥に来ていただけますか？　詳しい内容をヒアリングさせてください」

「わかりました。じゃあ後で話しますから、鑑定を先にお願いします」

そう言って、着込(きこ)んで来た黒い鎧一式と魔道具(まどうぐ)らしい小さな銃の様な物を見せる事にした。

「鑑定して欲しいのはこの鎧一式と、この小さな銃の二点です」

「それでは二点で六万円頂戴(ちょうだい)しますがよろしいですか？」

「はい、お願いします」

日番谷さんが鎧と銃を持って奥に下がっていった。

「海斗、超絶リア充『黒い彗星』って凄(すご)い二つ名じゃない。二つ名ってこんな感じでつくのね。なんか目(ま)の当たりにすると不思議な感じ」

「いや、俺が一番不思議な感じだよ。自分の知らない所で違う自分が勝手に出来上がったような。そもそも超絶リア充って誰が考えたんだよとは思う」

「そうですよね。世の中って不思議な事がまだまだいっぱいありますね」

「黒い彗星か。どうせなら赤い装備をつけていればよかったな」

「あいりさん！　それは絶対にダメです。絶対に口にしてはダメなやつですよ」

「ああ、すまない。軽率(けいそつ)だった。つい彗星つながりでな」

俺の謂(いわ)れのない二つ名談義で盛り上がっていると日番谷さんが、鎧と銃を手に戻ってきた。

「鑑定結果はこちらです。どちらも非常に有用なアイテムだと思いますので、ご自分達で使われる事をお勧めします」

そう言って鑑定用紙を二枚渡してくれた。

魔術鎧ナイトブリンガー　……　軽量化の術式が組み込まれた鎧。魔力を消費する事で僅かに敵意を持つ相手からの認識を阻害することができる。

これは、当たりだ。

思った通り、魔術により軽量化されている上に、黒色なだけあって特殊能力を備えている。認識阻害がどの程度なのかはわからないが、俺が使用すれば今の戦闘スタイルで更に一段上にいけるかもしれない。今の背後に回り込んでしとめるスタイルに、この鎧の能力が加われば完全にアサシンスタイルが確立されるかもしれない。

ただこの黒い鎧はアサシンというより暗黒騎士っぽい。アサシンに暗黒騎士。どちらも俺の理想からは離れて厨二感が半端じゃない。

そしてもう一枚の鑑定書には、

魔法銃　スピットファイア　……　魔力を消費して小型のファイアボールを発射することができる。

これも大当たりだろう。小型とはいえ、ファイアボールを撃てる銃とは凄い。魔法が使えない者からすれば垂涎の一品に違いない。

「みんな、この鎧なんだけど俺が貰っても良いかな」

「当たり前じゃない。海斗以外サイズが合わないじゃない」

「そうだな。女性が身につけるにはちょっと厳しいだろう」

「海斗さんの二つ名にぴったりなのです。オーダーメイドみたいですよ」

「そうかな。じゃあ有り難く使わせてもらうよ。それとこの魔法銃なんだけど、俺はミクが使うのがいいと思うんだけど」

「私もそれが良いと思う。現状、直接的な攻撃力が一番低いのがミクだからな。魔核銃と二丁拳銃でいいんじゃないか」

「わたしもそれが良いと思うのです」

「それじゃあ、この魔法銃は私が使ってみるわね。今までみんなの力になれない事も多かったから、これで少しは役に立てると良いけど」

「いや、今でも十分役に立ってるから、そんな事気にするなって。それとみんなに相談があるんだけど、いいですか？」

「相談？　なんだ？」

「この鎧って大きいじゃないですか。どう考えても袋とかで持ち運べそうにないんですよね。移動する時は着用して歩くしかないんですけど、さすがにこれを着用して街中を歩き回るのは抵抗感があるんです。何かいい方法ないですかね。今日もここまで着てきたんですけど、注目度が高すぎて辛いです」

「探索者が装備をつけたまま歩いているのもたまに見かけるから大丈夫じゃないですか？」

「いや、軽装備の人はたまに見かけるけど、さすがに地上でこんな鎧を着た人は見かけた事ないな。コスプレの人ぐらいじゃないか？　俺はコスプレの趣味は残念ながらないんだよね」

「いっその事これを機会に、コスプレデビューするのも有りじゃないか？」

「なしです」

「真面目な話をすると、大きな口のマジックバッグを買うか、ダンジョンの近くにあるトランクルームを借りるしかないんじゃない？」

「マジックバッグは論外だけど、トランクルームなんかあるの？」

「知らなかったの？　結構使ってる探索者は多いわよ。小さめのスペースなら月五千円ぐらいから借りれるみたいよ」

「それいいな。早速調べてみるよ」

俺はその日のうちにネットで最寄りのトランクルームを探して契約したが、道中しっかり目立ってしまった。

借りたトランクルームはダンジョンから徒歩三分の好立地だったので、これからは現地で着替えれば安心だ。


俺はメンバーとわかれて、目的のためにダンジョンマーケットにきている。

今回の目的は三つある。

俺達を救うために切り刻まれたマントを新調するためと、穴が空いてしまったカーボンナノチューブのスーツの補修。そして穴だらけとなったブーツの代わりを購入予定だ。

まずは、ブーツの代わりを購入をしたが、前回のデザートブーツが調子良かったので、同じ物を購入した。しばらく馴染むのに時間が必要なのでそれまでは、靴擦れができたらベルリアに治してもらおう。

次にマントを選ぶ事にする。

まず超小型エアコン内蔵のマントだが、幸いにもマントだけを購入する事ができた。ただし価格は三万円程したのでバラ売りの方が割高感は強い。

前回は無難に茶色を選んだので、自分では今回も無難な色にしようかと思ったのだが、事前にパーティメンバーに相談しておいた。その結果、三人共絶対に黒が良いとの事だったので、思い切って黒を買う事にした。

黒い鎧に黒いマント。本当に大丈夫か？　とも思ったが三人共本気で黒を推していたのでおとなしく買ってみる事にした。

その後、補充で低級ポーションを四本購入してから、最後にスーツの補修のためにおっさんの店を訪問した。

「すいませ～ん」

「おう、坊主か。なんか買ってくれんのか？」

「いえ、そうじゃなくて、これなんですけど、補修ってできますか？」

「おう、この前買っていったナノカーボンチューブのスーツか。ちょっと見せてみろ」

「お願いします」

「おいおい、これ穴が空いてるじゃねーか。しかも全体にかなり傷んでるな。一体どんな使い方したらこんな短期間でこうなるんだよ。このスーツに穴を空ける事ができるモンスターってどんな奴だよ⁉」

「それが、神っぽい感じの……」

「紙？　そんなモンスター聞いた事ないぞ。坊主、今何回層潜ってるんだよ」

「今は十一階層です」

「坊主、前に魔核銃買っていった嬢ちゃん達とパーティ組んでるって事は週末だけ潜ってるんだよな。ペース早くねえか？」

「まあ、僕は、ほぼ毎日潜ってるんですけど、パーティでは週末だけですね。メンバーが優秀なんで順調に進んでるんですよ」

「順調にしてはスーツが傷だらけじゃね～か。補修する事はできるが、これだけくたびれてると新調した方がいいんじゃね～か？」

「ちなみに新調するといくらぐらいかかりますか？　それと補修だとどのぐらいですか」

「そうだな新品だと百二十万って所だな。補修で十五万って感じか。但し補修しても新品同様になるわけじゃねーぞ。あくまでも補修だからな」

「はい。それじゃあ補修でお願いします」

「おいおい、即答だな。まあ良いけどよ。それじゃあ四日程預からせてもらうぜ」

「はい、お願いします」

　いくら新品でも同じものに百二十万円を出す選択肢はないな。新品が高すぎて安く思えるが補修で十五万円というのも結構な金額だ。但し特殊な物なのである程度の出費はやむを得ないだろう。

それにこれからは上に鎧を纏うのでスーツの出番も減ってくると思う。

「今回は補修しとくけどよ、一つアドバイスだ。よく物を大切になんて言うがな、探索者の装備にかぎってはそれは、当てはまらねーぞ。あくまでも消耗品だ。使えば使うだけすり減っていくからな。それだけ性能も落ちてくってことだ。だからよ、金があれば常に新しいのを買っとけよ。ケチっても金で命は買えね～ぞ？」

おっさんのアドバイスにしては、めずらしく心にささる。

たしかにお金で命は買えない。

もしお金に余裕があれば、今度補修が必要になった時には新品での購入も検討しよう。

「他に何かいらねーのか？」

「いえ特にはないですけど、何かオススメって有りますか？」

「そうだな。今オススメなのはこれとこれだな」

「高そうですね」

「こっちが魔剣だぜ。魔力を帯びていて斬れ味アップの効果がある。効果が単純だから値段も安めで千三百万円だ。それと、こっちは魔核ライフルだ。簡単にいうと魔核銃の強力版だな。ダンジョン用に短くしたショートライフルだ。これが三百五十万だ。この前買った魔核銃と併用（へいよう）すると良いんじゃねーか」

「ありがとうございます。今度お金が貯（た）まったら考えます。それじゃあ金曜日に取りにきます」

「おお、そうか。また稼（かせ）いで買ってくれや」

ベルリアやっぱり無理っぽい。魔剣、単純な効果ので千三百万だって。下手したらマンション買えちゃうよ。もう頑張（がんば）ってドロップさせるしか選択肢はないな。最近ベルリアが頑張っているので、できれば買ってやりたい所だったが、桁（けた）が違（ちが）った。買うのは絶対に無理だ。

もう一方のショートライフルも三百五十万と高額だが、おっさんのことだから春香（はるか）と一緒に来るともう少し安く売ってくれそうなので、かなり興味を引く。

最近魔核銃が通用しない敵が増えてきているので、魔核銃のアップグレードはかなり魅（み）力的（りょくてき）だ。

バルザードの使用制限を補完する意味でもすごく欲（ほ）しい。

ただ三百五十万円と聞くとやはり尻込（しりご）みしてしまう。

いずれにしても、ダンジョンでしっかり稼がないといけないと決意を新たにした。

翌日俺は二階層に一人で潜っている。

今日は平日なので時間は限られている。手早く魔核集めを済ませて、鎧と魔法銃の能力検証をしようと思う。

魔法銃は、ミクが使用する前に検証のために借り受けておいた。

どちらもスライム相手では、性能がよくわからないので、永遠の宿敵ゴブリンを相手に検証しようと思う。

まずは、魔術鎧ナイトブリンガーの能力を検証してみる。

今日もずっと着用しているが、それ程重さを感じず、動けないといった事も一切ないので間違いなく軽量化の効果は現れている。

問題はＭＰを消費して、敵から認識を僅かに阻害するという能力だ。

現状三点問題がある。

一点目は単純に能力の発動方法がわからない。マニュアルが付いているわけでもないので色々試してみるしかない。

二点目はＭＰの消費量だ。バルザードの飛ぶ斬撃にもＭＰを使用しているのでＭＰの消費量が多いと使い物にならない。

最後に効果だが、鑑定書には僅かに認識を阻害すると書かれているが、僅かっていうのがどの程度の効果を指しているのかわからない。文字通り僅かしか効果がない場合、使う意味がないかもしれない。

とにかく十一階層より奥で使える物かしっかりと検証しておきたい。

「ご主人様、前方に一体ゴブリンです。ご注意ください」

今のレベル的にはゴブリン程度であれば問題にならないが、それはあくまでもステータス上の事であり気を抜くと致命傷を負いかねないので、集中して臨む。

目の前におなじみのゴブリンが現れたので、早速ナイトブリンガーの効果の検証に取り掛かる。

発動条件がわからないのでとりあえず、

「魔術鎧　ナイトブリンガー！」

と叫んでみる。

そのまま、スーッと横に移動して見るがゴブリンの視線も一緒についてくるのでどうやらダメらしい。

「なあ。何やってるんだよ」

ルシェが話しかけてくるが、第三者からすると今の行動は奇妙に映ったのかもしれない。

かなり恥ずかしいが続けるしかない。

再び集中して、今度は理力の手袋の要領で自分が消えるイメージを込めて気配を薄めてみる。

そのまま元の位置まで移動してみるが、今度はなんとなくゴブリンの視線が曖昧な気がする。

ゴブリンに注意を払いながら、そのまま素早く後ろに回り込んで気づかれる事なく背後から斬り伏せる事に成功した。

「おおっ。これ結構すごいんじゃないか？」

「は？　すごいって何が？　普通に後ろに回り込んで倒しただけだろ」

鑑定書にもあったように敵意を持つ相手の認識を阻害するだけなのか、ルシェには特に効果がわからなかったようだ。

ある意味ルシェが俺に対して敵意がない証明になったのでうれしい。

「ベルリアとシルもわからなかったか？」

「何の事でしょうか？」

「特に何時もと変わったところはないようでしたが」

当たり前だが二人とも俺に敵意はないようだ。少しずるいが思わぬ鑑定スキルを手にしてしまったようだ。但し、面と向かって変化があったと言われた時にショックが大きすぎ

るので余り色んな人に聞いて回るのは控えよう。

俺達はナイトブリンガーの能力を更に検証するためにゴブリンを探して回った。

「ご主人様、今度は二体です」

前方に現れたゴブリンに向かって、先程の要領で消えるイメージを込め気配を薄める。徐々に移動してみるが攻撃してくる気配はないので、どうやら効果が出ているようだ。

攻撃を控えゴブリンを注視しつつステータスを確認しながら時間の経過を待ってみる。MPが1ずつ減っているが、およそ十秒で一ずつ減少しているようだ。ずっと発動していると地味に消費してしまうが、場面場面で使用する分には結構いいかもしれない。

移動している最中に鎧が擦れて音がしたが、音に対してはゴブリン二体ともが反応を見せた。

どうやら、視覚的に認識されにくくなるようだが、音は対象外らしい。

おそらく匂いも対象外な気がするので、動物型のモンスターには効果が薄いかもしれない。

確認を終えた俺はそのまま後ろに回り込んで二体のゴブリンを順番に斬り伏せて戦闘を終了させた。

魔術鎧ナイトブリンガーの効果を検証する事ができたので、続けて何度かゴブリン相手に戦ってみたが、ゴブリン相手には、ほぼ百パーセントの確率で効果が発動し、難なく倒すことができた。

　後はもう少し上位の敵を相手にしても同様の効果があるか確かめる必要があるが、とりあえず魔法銃スピットファイアの検証を先に進めようと思う。

　スピットファイアは英語だと思うのだがバルザードとかアゼトムとかは何語なんだろう。スキルや魔法もウォーターボールのように英語読みのものや斬鉄撃のような日本語表記のものまでいろいろあるが、特に規則性は感じられない。いったいどういう理屈で名前が決められているのだろう？

　考えてもわかるはずないのだが、気持ちに余裕があるせいか気になってしまった。

　どうせならカッコいい名前のスキルや武器が欲しい。

「ご主人様、三十メートル程先にゴブリンが一体います」

　シルの声に頭の中を切り替えて敵に集中する。

　魔法銃スピットファイアは、小さな銃の形をしているが弾倉もなく、可動部分はトリガーのみなので、狙ってトリガーを引くしかない。

　ゴブリンが目視できた瞬間にスピットファイアを構えてトリガーを引いてみた。

「おおっ」

特に反動らしきものもなく、銃口から炎の弾が飛んでいき、ゴブリンの横をすり抜けていってしまった。

やばい外れた……。

迫ってくるゴブリンに向け焦りながらも続けざまに三発発射して無事に倒すことができた。初めてなので魔核銃に比べても命中精度は低いが、本当に『ファイアボール』が発動された。

今まで火系の魔法が使えたことはなかったので、小型とはいえ感動的だ。

トリガーを引く毎に少しだけ魔力を使った時の違和感があるのでＭＰが消費されているのだろう。

「なに外してるんだよ。ゴブリン倒すのに四発も撃ってるじゃないか」

「魔核銃とは勝手が違うんだよ。慣れだよ慣れ」

ルシェがうるさいのはスルーしておくが、スピットファイアは魔核銃とは少し狙い方が違うのか同じように撃ってもうまく当らなかった。ただこの魔法銃はすごい。

普通の『ファイアボール』は、野球の球ぐらいの大きさだがスピットファイアから発せられるのは卓球の球ぐらいの大きさの『ファイアボール』だ。

一見小さいようにも思えるが、通常の銃の弾に比べると遥かに大きく、ゴブリンに使ってみた感じでは、命中する場所にもよるが、実践で使える威力は十分に有ると思えた。

　しかも連射が効くのが凄い。通常の『ファイアボール』と口に出す必要があり、多少なりともタイムラグが発生する。おまけに走りながらとかだと、連発は結構厳しい。

　それがこの魔法銃スピットファイアは指でトリガーを引くだけで放てるので、一種の無詠唱状態に近い。

　都合四発撃ったので、ステータスを確認するとMPの減少は4だった。どうやら一発につきMPの消費は1らしい。弾が小さい分効率が良いようだ。

「マイロード、その銃はミク様にぴったりですね。もしミク様は必要ないようでしたら私が欲しいぐらいです」

　現在パーティの中で唯一魔法による攻撃手段を持たないミクが装備すると、パーティの強化は間違いない。

　そういえば、ベルリアも魔法攻撃できないんだった。だからこの銃が羨ましいのか。

　まあベルリアは新しいスキルも身につけたようだし、近接専門で全く問題ないので今のところこのままでいいだろう。

　ただし今回の隠しダンジョンにおいて、ヒカリンにだけドロップアイテムがなかったので、次回は最優先でヒカリンを考えていきたい。

その後もしばらく二階層での探索を続けたが、数回使用していると、だんだん慣れてきて命中率が上がってきたが、ナイトブリンガーの効果も試していたので俺のＭＰが底を尽きかけて探索を終了した。

これならマジックアイテムによる戦力アップもかなり望めるので、今週末は十一階層をサクッと攻略したいものだ。

その後も放課後に検証とスライム狩りを続け、週末になったのでパーティで再び十一階層に挑んでいる。

ミクにはスピットファイアの説明をしてから渡してある。

俺も補修の終わったナノカーボンのスーツを着用した上に魔術鎧ナイトブリンガーを着込み更に黒のニューマントを羽織っている。

以前と比べて間違いなく防具がパワーアップしているのと全身が真っ黒。いや漆黒に彩られて、さながら暗黒騎士の様な出で立ちとなっている。

恥ずかしい気持ちが半分と、結構かっこいいと思う気持ちが半分だ。

十階層のゲートを進んだ時、いつもよりも視線を感じた気もするが、気にしても仕方がないので完全にないものとしてスルーする事にした。

「じゃあ、今日は、ミクのスピットファイアとあいりさんの『アイアンボール』。それと俺のナイトブリンガーの効果もこの階層で通用するのか確かめながら進んでいこうか」

新しい要素が三つもあるので、連携も含めて慎重にやっていきたい。

俺のナイトブリンガーの効果も説明はしておいたが、十一階層のモンスターに有効かどうかは不明なのでしっかりと検証しておきたい。

「皆様、正面に三体のモンスターです。ご注意ください」

「それじゃあ、俺とベルリアが前衛に立つから、ミクはスピットファイアで攻撃。あいりさんも『アイアンボール』を使ってみてください。ヒカリンは状況に応じてフォローを頼む」

暫く待っていると、人面ライオンことスフィンクスが三体現れたので俺とベルリアがそのまま迎え撃つことにした。

スフィンクスが、こちらに警戒しながらゆっくりと近づいてきたので臨戦態勢に入り二人で剣を構えていたが、後方から高速の鉄球と、小型のファイアボールが飛んでいき、スフィンクスの人面に見事に命中した。

鉄球が命中した方は顔に鉄球が完全にめり込んでおり、そのまま消滅してしまった。

ある意味単純な物理攻撃に近いだけに結構エグい。

そして小型のファイアボールが着弾した方は、消滅こそしていないものの、かなりのダメージをあたえているのが見て取れた。

三体目のスフィンクスにも既にファイアボールが着弾しており顔面へのダメージで動きが鈍っているので、俺とベルリアがそれぞれ踏み込んでとどめを刺した。

すっかり忘れていたが、ベルリアも新しいスキル『アクセルブースト』を発動した様で、一撃でスフィンクスの首をスパッと刎ねていた。確実に一撃の威力が増している。

自分達のスキルやマジックアイテムで頭がいっぱいでベルリアのスキルまで気が回っていなかったが、ベルリアもレベルアップと新たなスキルの恩恵で確実に強くなっている。

そしてあいりさんとミクも確実に強くなっている。あいりさんは、何度かスキルの練習をしていたので今回の結果には納得だ。

ミクに関しては正直予想以上だった。スピットファイアを初めて使用したにもかかわらず一発目でど真ん中に命中させている。しかも二撃目も、ほぼど真ん中だった。

俺は、しっかり命中する迄に十発ぐらいは要したのに、これが才能というものなのだろうか。

「ミクもあいりさんもすごいじゃないですか。パーティの火力が一気に上がりましたね。

次は俺のナイトブリンガーの効果も試してみたいんでよろしくお願いします」

「マイロード、私の活躍も見て頂けましたか？」

「ああ、見たよ。『アクセルブースト』だろ、すごいじゃないか」

「マイロードにそのように評価いただけるとは有難き幸せ。これからも頑張ります。ただ、『アクセルブースト』の威力に今の剣では負けてしまうかもしれません」

「ああ、そうなんだ。まあ暫くやってみてダメならその時考えような」

「そうですか……新しい武器を賜れる様に精一杯頑張ります」

やっぱりベルリアが時々アピールしてくる。多分魔剣が欲しいと暗に言ってきているのだと思うが、その剣だって百万円してるんだからしっかり手入れをすれば何年でも使えるはずだ。

間違っても魔剣など買えるはずがない。ベルリアには運良くドロップするまで我慢してもらうしかないな。

そのまま十一階層の探索を続けるが、すぐにファラオっぽいミイラと犬っぽいミイラが出現した。

ミイラも最初はかなり怖かったが、見慣れてきたのか俺にも少しはミイラ耐性がついてきたらしい。

ファラオの方はナイトブリンガーの効果を発動して背後へと回り込み、あっさり片付けることができた。

犬っぽい方は、ミイラとはいえ鼻が利く様で、ナイトブリンガーの効果を発動しても完全には欺く事ができなかった。背後に回り込もうとしたが少し反応されてしまったので、すんなりとは後ろに回り込む事はできなかった。

ただ視覚による認識は阻害されている様で、完全に居場所を特定している感じでもないので、そのままバルザードの斬撃を飛ばして消滅させる事ができた。

十一階層のモンスターにも通用しているようだが、鑑定書に書かれていた、わずかに認識を阻害するという内容以上に効果がある様な気がして他のパーティメンバーにも聞いてみる。

「たぶん海斗さんだからじゃないですか」

「そうだな海斗だからだろうな」

「海斗ってもともと気配消せてたじゃない。その上にナイトブリンガーの効果が上乗せされてモンスターに対しては完全に隠密状態なんじゃない？」

そんなものなのか？　そもそも、今までも気配が消せてたわけではないと思うんだけど。

「ちなみにみんなには、どんな風に見えてるのかな」

「特に変わった感じはないのです」

「見えなくなったりとかは全くないな」

「私もよくわからないけど、モンスターに効果があるみたいだから見えなくなってるんじゃない？」

「そうか、そんな感じなんだ」

どうやら三人共にナイトブリンガーの影響は受けていないらしい。本当に良かった。正直ホッとした。これで見えなくなったとか言われると完全に心が折れてしまう所だった。

それと想像以上のナイトブリンガーの効果も、みんなに俺だからと言われるとそんな気もしてきた。もしかしたら漆黒のこの鎧は俺にぴったりのアイテムだったのかもしれない。

いずれにしろ、ＭＰを消費する点を除けば戦闘において有用な効果なのは間違いないので今後も調整しながら使っていこうと思う。

ただしナイトブリンガーにも重大な欠点があった。

とにかく暑い。

もともとスーツが暑い上に鎧の所為で熱が逃げず蒸れるのだ。今まではそれをマントのエアコンがカバーしてくれていたのだが、エアコンの風までも鎧が防いでしまっている。

暑さを紛らわせる為にヒカリンに『アイスサークル』を使用してもらっても鎧越しでは

著しく冷却効果が低下しているので、正直この十一階層ではかなり厳しいものがある。

それを補うために、今までよりも水分補給の回数を増やしながらダンジョンを進んでいく。

幸い出現するモンスター達も隠しダンジョンの偽神達に比べると明らかに格落ちするので、パワーアップしたメンバーには正直物足りない感さえある。

「みんな、私事で申し訳ないけど、鎧の所為で蒸れてかなり暑いんだ。なんとか早くこの階層を抜けたいから、いつもよりハイペースで進みたいんだけど、大丈夫かな」

「そうだな。隠しダンジョンも攻略したし、この階層は早く抜けても問題ないだろう」

「そう思うのです」

「私もそれでいいと思う」

俺のお願いを受け入れてもらう形でどんどん進んで行ったお陰で、今までにないぐらいの進度を達成することができた。

なんと今日一日でダンジョンの半分以上と思われる位置までマッピングが終了していた。

このままいくと明日には十一階層を抜ける事ができる気がするので非常に順調だが、調子に乗ってナイトブリンガーの効果を乱発したせいで探索を終えるころには、ＭＰが欠乏気味になってしまった。

今日の事を顧みて明日からはＭＰの残量にも注意しながら使用していこう。

探索終了後ゲートまで戻ってからのシャワーは、普段よりも何倍も気持ちよかった。やっぱり蒸れるときつい。

それに軽量化が施されているとはいえ、鎧をつけていたので外した際の解放感はかなりのものだ。

「あ～いきかえる～」

「マイロード、別に死んだりしていないと思うのですが」

「生き返ったと思うぐらいリフレッシュしたって意味だよ」

「ああ、そういう意味でしたか」

普段は違和感なく会話できているが、ベルリアは時々こういう感じの時がある。同じ悪魔でも不思議とルシェはそういうことがないのはちょっと不思議だ。

シャワーを終えて解散後、借りたトランクルームに装備を片付けてからコンビニに寄ってアイスを買って食べたが、これもいつも以上に美味しかった。

外の寒さでクールダウンはできていたが、アイスが身体の中からも冷やしてくれるようで、この感じ癖になりそうだ。

帰る途中に鎧の蒸れがどうにかならないか考えて、ドラッグストアで貼る冷却シートをいくつか買ってみたので、これをスーツの中にいっぱい貼ってから明日は探索に臨もうと思う。

翌朝、準備のために、家を出る前に冷却ジェルを貼り付けてみたが、今の季節には寒すぎたので急遽、ダンジョンについてから貼ることに切り替える。

「あ〜。暑い……きつい……」

「海斗、どうしたの？　最初はあんなに快適だって言ってたじゃない」

「最初は、冷却シートのお陰ですごい快適だったんだけど、一回戦闘したら全く冷たく感じなくなったんだよ。効果は十二時間って書いてあったから効果がなくなった訳ではないと思うけど、いまは昨日と同じぐらい暑いんだ」

「まあ熱中症とかには効果があると思うけど、体感は厳しいかもね」

効果があると聞かされても実感が薄いので辛いが、冷却シートの効果以上に体温が上昇しているのだろう。

結局熱いので、昨日と同じくハイペースで探索を進める。

「ご主人様、前方からモンスターが十一体きます。ご注意下さい」

「十一体？　多くないか。間違いない？」

「間違いありません」

思いがけない数の多さに身構えて臨んだが、現れたのは黒猫の一団だった。

「あれって猫だよな。結構かわいいんだけど、やっぱりモンスターなんだよな」

「はい、間違いなくモンスターです」

俺は結構猫好きなので少し攻撃しづらいが仕方がない。

「みんな、数が多いから各自で確実に一匹ずつ倒していこう。あんな見た目でも一応モンスターみたいだから気を抜かずに」

俺もバルザードを構えて迎え撃とうとするが十一匹の猫型モンスターは一斉に散開してこちらに向かってくる。

かなり素早い。

バルザードの斬撃を飛ばして攻撃するが、当たらない。素早い上に小さいので、全くついていけない。

「シル、『鉄壁の乙女』を頼む」

かわいいシルエットのせいで敵を舐めてしまっていた。

「このスピードだと近接は難しい。みんな魔法か銃で対応しよう」

「マイロード、私は魔法も銃もないのですが」

「ベルリアはしばらく待機だ」

今はベルリアに構っている時間はない。

俺も魔核銃に持ち替え、しっかり狙ってバレットを撃ち出すが、なかなか当たらない。

今までは直線的に向かってくる敵が多かったので当て易かったが、この猫は立体的に動きながら逃げるので照準が間に合わない。

俺は魔核銃を使用しても命中させることができず苦戦しているが、その間にも黒猫はどんどん数を減らしていっている。

あいりさんは『アイアンボール』ヒカリンも『ファイアボルト』で黒猫を倒している。

中でも一番活躍しているのがスピットファイアを使用しているミクだ。

ミクのスピットファイアから発せられる小型の火球が次々に黒猫を捉えていく。

「すごいな……」

正直俺の出る幕はなさそうだ。ミクには射撃の才能があるのだろう。見ているそばから敵が消滅していく。いまだに一発も当てられない俺とは比較にならない。

しばらくするとミク達の活躍で十一匹の猫を全て倒す事ができたが、結局俺の撃退数はゼロだった。

そのあと俺はルシェにお願いされて、約束のお姫様抱っこをする事となった。

俺は当初十秒間か二十秒ぐらいのものだと思っていたのに、ルシェは違ったらしい。

それから十一階層を突破するまで、ルシェはしがみついてきて、なぜかずっと抱っこをする事となってしまった。

そのせいで戦闘時は、手の使えない俺に代わってルシェが攻撃をしていたので、結果として、よりスムーズに探索が進む事となり十二階層へと続く階段までかなりのスピードで到達してしまった。

想定より早く着いたのは良かったが、俺は、ほとんどなにもしていないので少し複雑だ。

「あ～あ。着いたのか。もう終わりか～。したかったらまたいつでもお姫様抱っこしてもいいんだぞ」

「いや、いいよ。もう十分だよ」

「照れるなって。ほんとはまだ足りないだろ。だからまたしてもいいんだぞ」

「いや、もう満足だよ」

「わたしは満足じゃない。また、やりたかったらしてもいいぞ」

「単純に、ルシェがまた抱っこして欲しいだけだろ」

「そんな言い方するなら、こんど抱っこしたくなってもさせてやらないからな」

「あ～それじゃあ、また気が向いたらな」

「本当か⁉」

「気が向いたらな」

「約束だからな！」

ルシェはお姫様抱っこがよほど気に入ったのか、どうしてもまた抱っこされたいようなので、いい子にしていれば気が向いた時にたまには抱っこしてやろうかな。

第四章 ❯ 十二階層

俺は今スーパーマーケットにきている。

昨日十二階層への階段に到達したので、ほんの少しだけ降りてみたが今までとは違う備えが必要だと感じた。

十二階層は相変わらずの砂漠だったが、周囲は真っ暗だった。

夜の砂漠。そんな雰囲気のエリアだったが、問題はその暗さと寒さだ。

十一階層では役に立っている感がほとんどなかった冷却シートだが、十二階層ではしっかり効果を発揮して、キンキンに冷えて物凄く寒い。

十一階層ではとにかく暑かったのに十二階層に入った途端一気に温度が下がった。

「みんな寒くないか？　砂漠って暗いとこんなに温度違うの？」

「夜の砂漠に行ったことがないからわからないが、本当に寒いな」

「海斗さんはマントもあるし鎧もあるからまだいいです。わたしはすごく寒いのです」

「とにかく一旦帰りましょう。このままだと体温が下がってしまって動けなくなりそう」

あまりの温度差にさっさと十一階層に引き返してきたが、戻った瞬間に今度は灼熱が襲ってくる。

「これってきついな。体験したことない感覚だけど暑さと寒さで四十度ぐらいは違うんじゃないか？」

「とにかく十一階層の服装で十二階層を進むのは無理だな。完全に凍えてしまう」

「とりあえず、今日はこのままひきあげて来週迄に各自で装備を揃えてきましょう」

「マジックポーチに防寒服を詰め込んでくるのです」

日曜日はそのまま引き返して解散したものの、マジックポーチを持っていない俺は、防寒具を持ち歩く事も難しい。色々考えた結果、スーパーマケットで使い捨てカイロを購入することにした。

十一階層では、鎧の所為で暑くて仕方がなかったが、十二階層では逆に鎧の所為で底冷えがする。金属製の鎧は、戦闘においては非常に有用だが、気温の変化にはすこぶる弱いので、なかなか厳しい。

翌日の放課後にスーパーマーケットで貼るタイプの使い捨てのカイロを大量に購入して、念の為にあったかくなる下着とソックスも買っておいた。

十二階層に続く階段の所でシャツとソックスだけは着替える事にした。

家に帰ってから、試しにスーツの中にカイロを一杯貼ってみた。時間が経つにつれ段々熱くなってくる。

「あっつ」

最初は我慢してみたがスーツで熱が篭るのか、普段学校で使用するよりも遥かに高温になってしまい、スーツを脱いで確認するとカイロに接触していた部分が赤くなっている。

完全に低温火傷を起こしかけていた。

このままでは、全身火傷だらけになりそうだったので、調整のためにシャツを三枚重ねた上から貼り付ける事で、ちょっと動きにくいがなんとかいけるようになった。

自分なりに防寒対策はしたので、最後の懸案である『愚者の一撃』を検証しておく事にする。

本来であればナイトブリンガーやスピットファイアと同じ日に検証すれば良かったのだが、その時は覚悟が足りなかった。

しかし、十二階層もなにが起こるかわからないので、手持ちの武器は確認しておくしかない。

いつもならゴブリン相手に検証する所だが、ゴブリンでは『愚者の一撃』の威力を測る相手としては足りないと思うので、ゲートを使って十階層迄行くにした。

この為に事前に低級ポーションを二本買い増しておいたので心置きなく試せる。

「ご主人様、奥にモンスター二体です。ご注意下さい」

「シルは『鉄壁の乙女』を頼む。ルシェは一体を頼むな。ベルリアは俺に万が一の事がないように低級ポーションを持って控えておいてくれ」

すぐに飛猿が二体現れたので左側の一体をルシェにまかせて、俺は右側のを倒すことにする。

不測の事態に備え、念には念を入れて『鉄壁の乙女』の中からバルザードの斬撃を飛ばすことにした。

「いくぞ！　飛猿。『愚者の一撃』」

覚悟と共にスキルを発動させバルザードの斬撃を飛ばした。

本来見えないはずの斬撃が唸りを上げて存在を主張している。

斬撃が飛猿に到達した瞬間に飛猿は消えてなくなった。

「すごいな……」

そう呟いた瞬間、強烈な脱力感がやってきた。『暴食の美姫』とはまた別種の不快感だが、一気に襲ってきて、立っているのも辛い。おまけに強烈な頭痛と目眩がする。

慌ててステータスのＨＰを確認するが残量はＨＰ４。

既にルシェがもう一体も消滅させているので、攻撃される心配はないが、十階層の敵が相手では、一瞬で殺されてもおかしくない数値だ。

愚者の一撃はすごい威力だがやはりリスクが高い。

『愚者の一撃』の一撃により飛猿を跡形もなく消し去ったが、ＨＰ４か。

「ベルリア、低級ポーションを頼む」

ベルリアに渡してあった低級ポーションを一気に呷ると身体の倦怠感が抜けてＨＰが全快した。

ポーション使用後は頭痛と目眩は治まったが、『暴食の美姫』の使用後と同種の身体の芯に残る疲労感が少しある。

まだ一度しか使用してないので断言はできないが、威力は申し分ないように思える。

今まで俺が繰り出したどの攻撃よりも威力があったと思う。

そしてポーションで回復するということは何度も連発できる可能性がある。

大量に低級ポーションを買い込んで、使用しては回復するのを繰り返せばある意味制限なく高火力の攻撃を繰り出せる事になる。

ただし、これだと一発のコストが十万円かかる事になるので現実的には無理だ。

せっかくの威力を、どうにかできないかと思い色々考えたが、突然天啓が降りてきた。

「よし、もう一度使ってみるから同じ要領で頼むな。ベルリア、今度は低級ポーションじゃなく『ダークキュア』をかけてくれ」

俺の思いついた案は『愚者の一撃』を使用した後にベルリアに『ダークキュア』を使用して貰(もら)えば僅(わず)かばかりだがＨＰが回復する。それを繰り返す事で『愚者の一撃』を繰り出し続けることができるんじゃないかという事だ。

「ご主人様、今度は三体です」

「それじゃあ、さっきと同じようにルシェが一体を頼む。俺が二体を受け持つから」

待っていると今度は砂バシリスクが三体現れた。

「ルシェ一番左を任せた。ベルリア『ダークキュア』を待機してくれ」

俺は走ってくるバシリスクを『鉄壁の乙女』の中で待ち構えて、射程に入った瞬間スキルを発動する。

『愚者の一撃』

再びバルザードの斬撃を飛ばしてバシリスクを消滅させる。やはり凄い威力だ。

すぐに先程(さきほど)と同様の強烈な疲労が襲ってきたので、ベルリアを頼(たよ)る。

「ベルリア頼む」

「かしこまりました。おまかせください。『ダークキュア』」

ベルリアのスキルのおかげで幾分か楽になった気がする。すぐにステータスを確認するとHPが12になっていた。どうにか動けそうなので最後の一体をしとめにかかるが、結構厳しい。

『愚者の一撃』

バルザードの斬撃を飛ばしてバシリスクを消滅させる。

「あれっ？」

一応バシリスクは撃退できた。できたが、最初の一撃よりも明らかに威力が弱い。唸るような斬撃ではなく、どちらかというといつもの斬撃とそう変わらなかった気がする。

そして、再び倦怠感が襲ってきたが、なぜかさっきよりきつい。

HPを確認すると2まで減っていたので慌てて、低級ポーションを飲み干す。

「やっぱり、乱発するのはまずい。HP2ってやばいな。これは『鉄壁の乙女』なしで使用するのは難しいかもしれない。一歩間違えると死んじゃう恐れがある」

二発目の斬撃だが、効果がなかったかといわれるとあったような気もする。ただ凄くあったかといわれると、それはなかったと思う。

しかも少ないHPから更に削ったせいで残りHPがたったの2。

この『愚者の一撃』は間違いなく有用だが、『ダークキュア』を使用して都合の良い使い方はできなかった。あくまでも切り札としての使用に限られそうだ。

自分の生命を削って放つ一撃。しかも使用後のリスクを考えると、たしかにこのスキルを使用するのは、愚者だけかもしれない。

ただ今後も俺は間違いなく使うと思う。

パーティメンバーが危険に晒されるような状況に陥ったら迷わず使う。

シルとルシェが危険な状況に陥っても瞬時に使う。

たとえベルリアが危なくなっても確実に使うだろう。

そう考えると俺は間違いなく愚者なのだと思う。

今回は、ＨＰの残量は２だったが、次はＨＰ１になるかもしれない。その状態で目眩で倒れたら、そのまま死んでしまうかもしれない。まさに生命の綱渡りだ。

いずれにしても、力の足りない俺にとっては切り札となりえる力だ。いざという時には迷わず使っていきたい。


先日の『暴食の美姫』の影響か、それとも昨日使用した『愚者の一撃』の影響なのか朝から身体が重いが、さぼるわけにもいかないので俺は今学校にいる。

授業をなんとかやり過ごし、休み時間になり真司と隼人と他愛もない話をしているが、ふいに真司が聞いてきた。

「海斗、もしかして隠しダンジョン攻略しただろ」

「なんで真司が知ってるんだよ」

「やっぱり海斗だったか。噂になってるんだよ」

「噂？　一体どんな噂だよ」

「十一階層で隠しダンジョンが発見されて攻略したパーティがいるけど、それが今噂の黒い彗星のパーティだって」

「まあ、間違いではないから別に良いけど」

「それとも一つ。海斗、装備変えたんじゃないか？」

「まあ、鎧がドロップしたからそれを装備に追加はした。あとはマントの色を変えたぐらいだな」

「やっぱりそうか。その新装備も噂になってるんだよ。黒い彗星がオーダーメイドの漆黒の鎧を新調したって」

「いやいや、オーダーメイドじゃない。たまたま黒い鎧がドロップだけだって。鎧をオーダーメイドってどんな奴なんだよ」

「俺達は、直接話を聞いたら、そうかと思うけど周りはな〜」

「そもそも、その噂は良い噂？　それともダメな噂？」

「俺達の聞いた感じだと半分半分かな。調子に乗ってるんじゃないかって感じと、そこまで突き抜けると逆に良いんじゃないかって感じとだな」

「そうか……。いずれにしても七十五日経てば噂も消えると思ってたけど、再燃してしまったんだな」

「そういえばマントの色って今度は何色にしたんだ？」

「黒だけど」

「漆黒の鎧に黒いマントか。それは目立つなって方が無理じゃないか」

「俺もどうせ黒い鎧を身につけるんだったらもういいやって思ってな。メンバーのおすすめもあってマントも黒にしたんだよ」

「今度見せてくれよ。ある意味憧れるな。俺もメンタル鍛えて真似してみようかな」

今度は隼人が聞いてくる。

「海斗って今ブロンズランクなんだよな」

「ああ、そうだけど。それがどうかしたのか？」

「実は俺達、この前アイアンランクに上がったんだけどな、ギルドに寄ったら遠征イベントの募集やってたんだ。それで内容をみたら来月の三連休で隣の県のダンジョンに遠征らしいんだよ」

「へ～っ。全然見てなかったな。そういえば日番谷さんがブロンズランクから参加できる遠征とかレイドイベントが時々あるって言ってたな」

「そう、それなんだよ。ブロンズランクを含むパーティなんだけど、臨時パーティでも良いらしいんだよ。そこでなんだけど、俺達と一緒に行ってくれないか？」

「いやダメだろ。うちのパーティは女の子ばっかりだからな。泊まりは無理だぞ」

「それはわかってるって。だから海斗だけで良いんだって。他のメンバーに聞いてみてもらえないかな。遠征ってなんかかっこいいだろ？」

「そういう事なら、俺も遠征とか興味あるしな。それにしても二人共、もうアイアンランクって凄くないか？」

「前回、海斗に色々教えてもらったからな。自分達で昇華して工夫しながら進んだら、結構順調にいってるんだ」

「それはそうと何階層潜ってるんだ？」

「今は八階層だな。頑張って魚群に対抗しているところだよ」

「へ～っ、それは凄いな。だけど二人で魚群はきつくないか？」

「海斗の真似して魔核銃を買ったからな。なんとかなってるよ。だから頼むよ」

「わかったよ。今度パーティメンバーに聞いてみるけど、あんまり期待しないでくれよ」

「ああ、頼むな。それと今日暇(ひま)？　ひさしぶりにダンジョン一緒に潜らないか？」

「もし本当に遠征行くんだったら、連携も必要だしいってみようぜ」

「う〜ん、本当は今日休もうかと思ってたんだけどな。じゃあ放課後一緒に八階層に潜ろうか」

「わかった。それと、せっかくだから海斗のサーバントにも会わせてくれよ」

「まあ今更隠(いまさらかく)してもしょうがないから、サーバントも召喚(しょうかん)するよ」

「やったな、真司」

「ようやく会えるのか。楽しみだな」

ちょっと照れくさいが、二人とも喜んでいるようなのでサーバントを召喚しても問題なさそうだ。

久しぶりに三人で潜ることになったので俺も楽しみだが、気だけは抜かないようにしよう。

その後、授業をのりきった俺達はダンジョンの五階層に潜っている。

隼人と真司と一緒に八階層を目指して五階層を進んでいるが、隼人達が待ちきれないようで声をかけてきた。

「海斗そろそろ良いんじゃないか？」

「もったいぶらずに召喚してくれよ」

「わかったよ。いまから喚びだすから。ちょっとまってくれ。じゃあいくぞ？　シルフィー召喚。ルシェリア召喚。ベルリア召喚」

　俺の召喚に応じて目の前にサーバント三体が現れた。

「おおっ。すごいっ！　これがサーバント……」

「羽が生えてる。しかもかわいい。もう一人もすごくかわいい」

　真司サーバントはもう一体いるんだぞ。

「ご主人様、この方達はどちら様でしょうか？」

「ああ、俺の同級生だよ」

「同級生と言うのはお友達という意味でしょうか」

「はい。もちろん親友です。なあ海斗」

「いや大親友です。なあ海斗」

　真司と隼人が調子よく答えたが、親友と言われて悪い気はしない。

「おい、お前友達なんかいたのか？　意外だな」

　ルシェ、その言葉は地味に傷つくぞ。

「マイロード、せっかくですから御友人に私達を紹介していただけませんか？」

「海斗、ご主人様にマイロードってなんかすごすぎないか？」

最近感覚が麻痺してきていたが、普通に聞くとそうなるよな。

「いや、最初からそう呼ばれてたからな」

「なんて羨ましい……」

「おい、やっぱり類は友を呼ぶだな。二人共冴えないな。さすがは海斗の親友だな」

「海斗……。この子はいったい……」

「まあ気にするな。これも、ルシェの愛情表現の一つだから」

「なっ。なに言ってるんだよ。別に愛情表現なんかじゃないっ。ふざけるなよ！」

「はいはい。そういうことにしといてやるよ」

「海斗、慣れたもんだな」

「これが巷で噂のツンデレか。初めてみた」

「まあいつもの事だからな。それじゃあ紹介するぞ。こっちの羽が生えた女の子がヴァルキリーのシルフィー。この口の悪いのが子爵級悪魔のルシェリア。最後にこの男の子が士爵級悪魔のベルリアだ」

「真司です。よ、よろしくお願いします」

「隼人です。三人ともよろしくお願いします」

挨拶も終わったので一応それぞれの能力と装備を確認して探索に向かう。

「海斗、ちょっといいか？」

「なんだよ、隼人。相談か？」

「いや、お前のサーバントって悪魔が二人もいるんだな。悪魔って見たことなかったから、本当に大丈夫なのかなと思ってな」

「ああ、大丈夫だ。二人とも良い子だぞ。まあルシェは難しい部分もあるけど、戦う時は頼もしいからな」

「そうか。海斗が言うなら大丈夫なんだろうけど、俺らを襲ってこないように言いつけといてくれよ」

「大丈夫だって。さすがにそれはない。それじゃあ、戦闘時の指示は俺が出してもいいか？サーバントのこともあるし」

「ああ、頼むな。だけど俺達、そんなに指示を受けて戦ったことがないからお手柔らかに頼む」

話しがまとまったので早速探索を開始するが五分程でモンスターが現れる。

「ご主人様、前方にモンスター二体です。皆様ご注意ください」

「おおっ。シルフィーさんが索敵してくれるんだな。こんなに効率いいのか。いいな～。事前に敵がわかるってチートだな」

そのまま進んでいくと久々のマッドマンとブロンズマンが現れた。

「隼人、真司はブロンズマンを頼む。ベルリアと俺でマッドマンを倒そう。シルとルシェは何かあったらすぐにフォロー頼むな」

指示を出してマッドマンに向かおうとした瞬間に、

『必中投撃』

隼人の声と共に槍が飛んでいってブロンズマンに風穴をあけ、直後に真司が走っていって槌の一撃で粉砕してしまった。

遅れてマッドマンをベルリアが滅多斬りにして消し去った。

「おいおい、二人とも戦い慣れてこの前よりかなり強くなってないか？　俺の出番が全くなかったんだけど」

「まあ、俺達も二人だけでここまできているからな。それなりには強くなってると思うぞ」

言われてみれば当たり前の事だが、二人の成長に正直驚いた。

もう少し様子を見ないとわからないが、二人ともアイアンランクの探索者として十分戦力になりそうだ。

これは話半分で聞いていたが、真剣に遠征の話を考えないといけないかもしれないな。

隼人達の活躍もあり俺達はそのまま順調に八階層まで辿り着くことができた。

「ご主人様、この先にモンスター三体の気配があります」

「わかった。隼人と真司で一体頼む。俺とベルリアで残りの二体をやろう」

進むと現れたのはお馴染みのウーパールーパー型のモンスターだ。

指示を出してウーパールーパーに向かおうとした瞬間に、真司から声をかけられた。

「海斗、あのモンスターなら俺達でいける。二体はまかせてくれ」

「え？　でも、あのモンスター見た目はあんなだけど結構強いぞ？」

『必中投撃』

隼人の声と共に槍が飛んでいって一撃でウーパールーパーが消え去った。

その直後に真司が飛び出して、残り一体のウーパールーパーも上段からの槌で粉砕してしまった。

最後の一体をベルリアが斬り伏せて三体のウーパールーパーが消滅した。

完全に出遅れた俺に出番はなかった。

「どうだ？　俺達も結構やるだろ？」

「いいや、結構どころじゃない。普通に強いよ」

「ははは、海斗にそう言ってもらえると、やっぱりうれしいな！」

「いや〜二人で頑張ったかいがあるってもんだ」

隼人と真司が、この階層でも十分やれるのがわかったので、二人にも積極的に戦闘にも加わってもらい探索を進めた。

「隼人、真司、もうちょっと先まで探索したら今日は帰るぞ。明日学校もあるしな」

「わかってるって」

「大丈夫だって、それよりシルフィーさんとルシェリアさんの戦いも見てみたいんだけど」

「まあ、次の敵次第じゃないか」

しばらく歩くと水辺のエリアに着いた。

「そういえば二人共、ドローン持ってないよな、水辺の探知どうしてるんだ？」

「ドローンは高いからな、このハンディ魚探を使ってるよ」

隼人が取り出したのはひも付きのボール型の魚探だったので、そのまま投げ入れて確認してもらう。

「結構先に複数反応があるから、これは魚群だな。注意したほうがいい」

隼人の言葉に全員で臨戦態勢を取る。

精度ではドローン型の魚探には劣るだろうが、お手軽さと価格は圧倒的にボール型が勝っている。今更だが、最初のはともかく俺も二つ目はボール型にしておけば良かったかもしれない。

隼人と俺は魔核銃を構えるが、真司は二刀流？　で槌ではなく細身の剣を構えている。

「シル『鉄壁の乙女』を頼む。ルシェは自由にやっていいぞ。ベルリアは一緒に撃退してくれ」

程なく巨大トビウオの一団が水面から飛び出してきたので迎撃する。

俺と隼人は魔核銃を連射するが、二人では、手数が足りず群れが押し寄せてくる。

久々なのでこの感じを忘れていたが、かなりの迫力だ。

押し寄せて接近してきたトビウオに向かって真司とベルリアが斬りかかる。

ベルリアはいつものように流麗な剣さばきでモンスターを斬って落としているが、特筆すべきは真司だ。

両手に持った剣を使い、やたらと素早い振りで斬りまくっている。

ベルリアの様に洗練された剣さばきとは程遠いが、二刀で斬って斬って斬りまくっている。

俺には真似できない動きに素直に感心してしまった。

『破滅の獄炎』

時間差でルシェが前方の一団に向けて攻撃を放った。

「おおっ。すごいな。これが子爵級悪魔の力か！」

「すげ～。桁違いの威力だな。こんなのくらったら一発であの世行き決定だよ。絶対怒らせない様にしないとな」

隼人と真司は初めてルシェの攻撃を見て驚いているが、軽口を叩いているところをみるとそれなりに余裕があるらしい。

その後数十秒の攻防を経て、無事巨大トビウオの一団を殲滅することができた。

「あのな、相談というかお願いなんだけど俺のサーバントが結構、大飯喰らいでな、申し訳ないんだけど魔核を半分ぐらい貰えないか？」

「えっ？　半分でいいのか？　そっちは実質四人だろ。こっちがお願いしてる方だしもっと多くても全然大丈夫だぞ」

「助かるよ」

「お腹が空きました」

「腹減った。早くくれよな」

「私もお願いしてよろしいですか？」

俺は魔核を回収して自分の分をシル、ルシェ、ベルリアに渡した。

「サーバントは魔核を吸収するって聞いてたけど本当だったんだな」

「なんか感動だな。シルフィーさんとルシェリアさんの魔核吸収を見られるなんて」

この二人はいちいちシルとルシェの行動に感動しているな。でもな、ベルリアもいるんだぞ。

「そういえば真司、二刀流なんかしてるんだな」

「ああ、数が多い時はこれに持ち替えてるんだよ。元々パワータイプで槌使ってるだろ。試しに剣振ったら異常に軽く感じてな。両手でどうにでも振れるし、剣速も結構出るみたいだったから、俺は魔核銃の代わりにこっちにしたんだ。それに俺昔野球やってたから剣技はだめだけどバットの要領で振りまくればそれなりにいけてる」

「そうか。それにしても真司が野球？　そんな話初めて聞いたな。それで結構ガタイがいいのか？」

「やってたのは、中一までだからな。自慢じゃないが驚異のライトで八番と呼ばれていたんだぜ」

「へ～なにが脅威だったんだ？」

「それは、ほとんどホームランか三振だったからだ」

「小学生でホームランって何気にすごくないか？」

「そうだろ？　打率1割だったけどな」

「それは……低いな」

「だから、中学でやめたんだよ」

「ああ、そうか。まあ、俺は球技全般だめだけどな。それより二人共前回から強くなって驚いたよ。これならこのメンツでも十分いけると思う。遠征の話も今度メンバーに聞いてみるよ」

「おおっ。頼んだぞ」

「せっかくだから明日も一緒に潜ろうぜ」

「わかったよ。明日も頼むよ」

俺も楽しいので、断る理由もなく明日も一緒に潜る事にしたが、最近スライムの魔核狩りにいけていない。

ベルリアとの剣術練習を休んで、スライムの魔核狩りにいかないと、このままでは探索に支障が出てしまう。

二人との探索が終わったら明後日からはしばらくスライム狩りに専念しよう。

昨日約束した通り放課後、俺達は五階層にきている。

俺は昨日同様に八階層を探索しようと思っていたが、真司と隼人の希望で時間が有効に使える階層が良いという事になり、五階層を探索する事となった。

どうやら、サーバント達ともっと絡みたいらしい。

「ご主人様、前方に敵モンスター三体です」

早速現れたのはブロンズマン二体にマッドマン一体だ。

この階層のモンスターとは相性が悪く以前はシルとルシェに頼っていたがレベルアップした今なら十分対処できる。

「海斗、実は俺この階層の敵は得意じゃないんだ。できればシルフィーさんとルシェリアさんに頑張って貰えると助かるな～」

火力型ではない隼人がこの階層を苦手としている事は理解できるが、昨日も普通に倒していたので、そこまでではないはずだ。

言葉の裏にはシルとルシェの戦いをもっと見たいという好奇心が溢れているのがわかる。

特に悪意も感じないしシル達も気にしていないので問題はなさそうだ。

「それじゃあ、今日はシルも攻撃担当でいこうか。ベルリアもメタル系を担当してくれ。硬いから『アクセルブースト』を使ってくれ」

今度遠征した時に連携を取る意味でも、サーバントの能力はある程度二人も把握していた方が良いので今日は積極的にシル達に戦ってもらう事にする。

「それでは私はマッドマンを担当しますね。『神の雷撃』」

「私はブロンズマンを倒します。『アクセルブースト』」

「しょうがないな。残りをわたしがやってやるよ。『破滅の獄炎』」

ほぼ一瞬で三体のモンスターが消滅してしまった。

レベルアップと経験を積んだ三人には五階層は簡単すぎたのかもしれない。

「おお～っ。すげーな。三体を瞬殺か。俺の『アースバレット』とは比べ物にならないな。これぞ魔法を超えた神と悪魔の力だな」

「いや力もすごいけど、いいな。二人共いいな。すごく良い。そう思わないか、真司」

「ああ、いい。すごくいい」

だから、ベルリアも活躍していたから触れてやってくれ。ナチュラルなのか意図的なのか判断が難しい。

「よし、じゃあ次いってみようか」

時間も限られているのでどんどん進む。

次に現れたのはマッドマンが三体だったが、今度はルシェが外れ、かわりに真司が入り槌で完全に潰してしまうとあっさり消滅した。

「さすがにこのままだと俺のやる事がなさすぎるから、今度は俺達三人でやろうか」

今日は一度も戦闘に加わっていないので、次は俺も頑張る事にした。

「ご主人様、三体来ました。私達は後ろで控えていますのでいつでもお声がけください」

ストーンマン二体とブロンズマン一体が現れたので俺はブロンズマンを担当する事にする。

即座にナイトブリンガーの効果を発動して背後へと回りこんで、バルザードを突き刺す。多少の抵抗感があったものの、そのまま身体で押し込み爆散させる。

レベルも上がっているので当たり前だが、俺も確実に成長している。攻撃をシルとルシェにまかせきっていた以前とは違う。

実戦で自分の成長を感じる事ができるのは、探索においてもモチベーションの一つになるが、まだ二体残っているので切り替えてフォローに入る。

真司はストーンマンを槌でボコボコに殴っており、消滅寸前なので放っておいても問題なさそうだ。

隼人は槍で距離を取りながら攻撃を繰り出しているので危険はなさそうだったが、ストーンマンも倒れる気配はない。

「隼人、フォローに入ろうか？」

「頼む」

俺は隼人が相手をしてくれている間にストーンマンの背後へとまわりこみ、バルザードのひと突きでしとめた。

俺と隼人がストーンマンを倒すと同時に真司もモンスターを倒し終わった。

「海斗、やっぱり凄いな。なんだよその剣、反則だろ。それとさっきの動き何？　なんで普通に背後に回れるんだよ。普通、敵に攻撃されるだろ」

「二人共俺の事見えてた？」

「それってどういう意味だよ。もちろんずっと見えてたぞ」

「ああ特に変化はなかったように見えたけど、それがどうかしたのか？」

まあ疑ってはいなかったけどホッとした。

「一応、この鎧の特殊能力で敵意を持つ相手の認識を阻害できるんだ」

「おいおい、その鎧って見た目だけじゃなくて、マジックアイテムだったのか？　完全に『黒い彗星』専用鎧だと思ってたぞ」

「認識阻害ってチートじゃないのか？　リアルチート！　やっぱり、見た目が凄いと能力も凄いんだな。俺らも、もっと見た目にこだわってみようかな」

「この鎧を手に入れる前からある程度気配を消せてたからな。今回も二体目は使ってないんだよ。だからそこまでチートって感じじゃないんだけど」

「海斗ってそんな特殊能力があったのか？　もしかしてアサシン的な能力があるのか？」

「能力っていうかナチュラルにできてたんだけど」

「ナチュラルって、普段から存在が薄いって事か……」

「海斗にできるんだったら、練習すれば俺らにもできそうだな。俺達分類は同じカテゴリーだろ」

「お前達ならあり得るな。何しろ海斗の友達だからな」

「あ～ルシェリアさんもそう思います？　いや～照れるな」

なんか不毛な議論な気もするが、確かにこの二人なら俺と同じ事ができても不思議はないな。

それはそうと、さっきルシェがさらっと海斗と呼んでくれた。最近たまに名前で呼んでくれるのが、ひそかに嬉しい。ルシェが心を許してくれるようになってきた証拠だと勝手に思っている。

「俺、パワーないから距離を詰められると『必中投撃』の威力が半減しちゃうんだよな。当たるのは当たるけど硬い敵には威力不足になりがちなんだ。だから海斗みたいに背後からしとめるのもありだよな」

　昨日ブロンズマンを一撃でしとめていたので、距離があれば槍の投擲で十分な威力を出せるのだと思うが、体格も俺とかわらない隼人が俺と同じスタイルを模倣するのはありだと思う。ただ投擲スキルを持っているので、隼人の場合アサシンというよりもシーフっぽい気がする。

　どちらも悪役っぽいので大差はないけど。

　その後もサーバントと俺達で交互に敵を殲滅していったので、それなりに一緒に戦う事にも慣れてきた。

　帰る前にせっかくなので交互にではなく連携をとって戦ってみる事にした。

「真司と隼人とベルリアが前衛で時間を稼いでくれ。残りの三人で後方から一体ずつ倒すぞ！」

　本来俺は後衛型ではないが、単純なフォーメーションの方がやりやすいだろうと思い、ベルリアと組む事にする。

　敵の能力が低めなので、連携の確認の為にも少し長めに前衛の三人に頑張ってもらってから後方三人で一気に敵を殲滅した。

　シルとルシェの攻撃の威力に比べると俺の攻撃は見劣りするがこの際気にしない。

　後衛の火力が強すぎるのはあるが、これなら即席パーティとはいえ遠征もなんとかなる気がする。

「まあまあいいんじゃないか？　海斗の友達っていうからどんなへっぽこかと思ったけど、それなりじゃないか」

「なぁ、海斗。これって褒められてるのか？」

「まあ、わかりにくいけどそうだろうな」

「シルとベルリアも今度二人と一緒に遠征にいっても大丈夫かな」

「このメンバーだと、普段にくらべて少し魔法によるサポートが薄くなりますが、私がフォローしますので問題ありません」

「マイロード、私がいれば全く問題ありません」

とりあえず二人からもそれなりに認められたようで良かった。

今回一緒に潜って二人の成長には目を見張った。以前一緒にゴブリン退治に潜った時とは完全に別人となっており、なんとなく俺と同じダンジョンジャンキーの匂いがする。寧ろダンジョンジャンキーでなければこの短期間での急成長は説明がつかない。

恐らく、俺同様毎日の様にダンジョンに潜って鍛えていたのだろう。

その気持ちはよくわかるし、同じ趣味の仲間が増えたようで嬉しい。

今回特に気になったのが隼人の『必中投撃』だ。今回は敵の相性が悪くあまり効果的ではなかったものの前回アドバイスした針のような物も使用しており、釘とかを中心に色々使い分けていた。

生物系の敵には地味に効果を発揮しそうだし、投擲する武器によってはもっと有効な手段となり得る気がした。

やはり、魔法やスキルは使い方を工夫すればまだまだ効果を上げられると確信できたので俺にとっても非常に意味のある時間だった。

今は特に何も思いつかないが、既存の俺のスキルでも、何かできる可能性はまだ残されているかもしれない。

まあ、『スライムスレイヤー』はその名の通りで、これ以上工夫のしようはなさそうな気はする。まさか『メタルスライムスレイヤー』に進化したりはしないだろう。

二人との探索を無事に終えた俺は、予定通り翌日から一階層で『スライムスレイヤー』の恩恵を受けつつスライム狩りに精をだした。先日の探索ではシル達にも結構活躍してもらったので、全く魔核は貯まらなかった。

「やっぱりここは落ち着くよな」

「マイロードにとってはホームともいえる場所ですから」

「ホームか。いい響きだな」

「ダンジョンの一階層がホームってどれだけ変態なんだ！」

「ルシェ、言い過ぎです。ご主人様に変態はいけません。せめてレアぐらいにしておかないと」

……。サーバントの二人が酷(ひど)い。シルもフォローしたつもりなのかもしれないがレアって、どう考えてもフォローになっていない。

「マイロード、男のロマンですから」

それもちょっと違う気もするけど、味方がいるだけましかもしれない。

サーバント二人から精神攻撃を受けながらも俺はしっかりと手と足を動かし、スライムの魔核を集めてまわった。

これでまた週末の探索に集中することができる。

第五章　暗闇の砂漠

スライム狩りの日々を終え、ついに十二階層にアタックする事になった。

集合した時に来月の遠征イベントの事を相談してみた所、予想通り三人は泊まりがけの遠征は無理との事だったが、俺が隼人と真司と一緒にいく事にはみんな賛成してくれた。

どうやらメンバーもプライベートで遊びに行くのにちょうどいいタイミングだったようだ。

「みんな、申し訳ないけど準備があるからちょっと待ってくれるかな」

俺は十二階層への階段で、メンバーにそう伝えてからナイトブリンガーとスーツの上半身を脱ぐ。

「ちょ、ちょっと海斗さん、こんなところでいきなりなにを……」

ヒカリンが顔を赤らめて声をあげる。

「いや、なにって防寒対策だけど」

リュックに詰めていた下着を二枚追加で重ね着してから貼るカイロを全身に貼りつけて

鎧を着込んだ。

「あ、ああ、そうですよね。よかったのです」

「ヒカリン、大丈夫？」

「は、はい。もちろん大丈夫なのです」

「お待たせしました。それじゃあ十二階層いってみようか」

前回は一瞬で戻ってきてしまったので、実質初めてとなる十二階層探索を開始したが、やはり薄暗く、そしてなぜかこの前より寒い。

「ヒカリン、海斗がへんなことをしたら『アイアンボール』で一撃だから、心配ない」

「あいりさん『アイアンボール』はさすがにまずいのです」

「まあ、間違いなく潰れるわね。でも海斗に限ってそんなことにはならないと思うけど」

「ふふっ。潰れるな。まあ半分冗談だ」

「半分でもまずいのです」

「そうだな。半分でもまずいな。まあ、いい感じに緊張もとれたし、笑うと体温も上がるから、冗談もたまにはいいものだ」

女性陣はなにやら楽しそうに話し込んでいるが、この異常な寒さが気にならないんだろうか。

「ご主人様、前方にモンスター五体です。高速で向かってきています。ご注意下さい」

「ベルリアと俺とあいりさんが前衛。後のメンバーは後ろでフォローして！」

数が多いので三人で並んで迎え撃つ事にするが、高速で向かってきているという割に何も見えない。

敵が現れないので、ベルリアに声をかけ確認しようとした瞬間、ベルリアが剣を振るった。俺も慌てて身構えるがやはり何も見えない。

「ベルリア、敵か？　どんなやつだ⁉」

「よくはわかりませんが、気配がします」

薄暗いせいで俺にもよくわからない。

「あいりさん見えますか？」

「いや、まったく見えない。まずいな」

「ぐっ⁉」

鎧越しに何かの攻撃を受けたがやっぱりわからない。

「シル『鉄壁の乙女』を頼む。誰か敵が見えてる？」

「…………」

やはり誰も敵が見えていないらしい。どうする？

「ルシェとりあえず前方に『破滅の獄炎』を頼む」

ルシェが『破滅の獄炎』を放った瞬間、炎の明かりで敵影が映し出された。

映し出されたのは十センチ程度のネズミだった。

「ネズミ？」

この小さなネズミがどうやって攻撃して来たんだ？

『ガンッ！』

突然『鉄壁の乙女』の光のサークルに鋭利な石のような物が当たって砕けた。

これは、まさか魔法か!?　どうやらこの小さなネズミが魔法を使ったようだ。

以前十一階層で黒猫と戦った時でさえ俺は手こずって役に立てなかった。それが今回は暗闇の上にたった十センチ程の動き回る標的。俺では相性が悪すぎる。

「シル、敵の数はどうだ？」

「先程のルシェの攻撃で二体は消滅したようですが、まだ三体残っています」

「ベルリア捉えられるか？」

「やってはみますが小さすぎて、この暗闇では正直厳しいです」

「みんな！　ネズミの居場所は確認できる？」

「………………」

誰からも返事がない。やはりこの暗闇で小さなネズミを捉える事は難しいようだ。

どうする？　どうすれば良い？

このやり取りの間にも数発攻撃が飛んできているが、観察していると全て前方からの攻撃のようだ。

「シル『鉄壁の乙女』の効果が切れたら『戦乙女の歌』を頼む。ルシェは『戦乙女の歌』が聞こえたら、すぐに前方に『破滅の獄炎』を連発してくれ。ミク、スナッチにも『ヘッジホッグ』を使わせて。俺とベルリアで前に立つぞ！　三人は後ろに下がって」

俺のとった作戦は戦術と呼べるようなものではない。『戦乙女の歌』の効果で強化したルシェの獄炎で前方を焼き尽くす。それだけだ。

光のサークルが消えた瞬間、俺とベルリアが前に出て頭にだけは攻撃を受けないよう顔の付近でバルザードを構える。

次の瞬間シルの歌声が頭の中に流れてきた。

「ルシェ！　頼んだぞ！」

「わかってるって。チョロチョロするな！　『破滅の獄炎』もう一発くらっとけ。『破滅の獄炎』」

眼前一帯が獄炎により火の海と化す。

しとめたか？

そう思った瞬間ベルリアが剣を振るう。

「ルシェまだだ。もう一回頼む！」

「ちっ。逃げ回るだけしかできないくせに！　『破滅の獄炎』」

ルシェが再度獄炎を連発し五発目の獄炎が放たれてようやく敵の気配が完全になくなった。

「シル、敵の反応は？」

「ご主人様、どうやら五体共消滅したようです」

なんとか退けたようだが十二階層での最初の戦闘は想像していたのとは全く違うものとなってしまったようだ。

「ルシェよくやってくれた。助かったよ」

「なっ、なに言ってるんだよ。このぐらいなんでもないだろ。一瞬だ。一瞬」

ルシェはこう言っているが正直危なかった。恐らくサーバント抜きだとやられていた。

決して甘くみていたわけではない。十二階層であってもサーバントがいればどうにかなるだろうというのはあったかもしれないが、自分達なりに準備もしたし、レベルアップもしていた。

ただ経験値が圧倒的に足りなかったのかもしれない。

暗い所での戦いに慣れていなかった。小型の敵と戦う事にも慣れていなかった。

そのせいで考えが及ばず、事前の準備もその場での対応も即座にはできなかった。

「みんな、きたばっかりで申し訳ないんだけど、ここは一旦引き上げた方がいいと思う。このままだと次はやられてしまうかもしれない。今から戻ってすぐに準備し直さないか」

「私もそれがいいと思う」

サーバントも含め全員が同じ意見だったようなので、魔核だけ回収してさっさと帰ろうとしたが、シルとルシェは空気を読まずに、

「お腹が空きました」

「獄炎使いすぎたから、いっぱいくれ。い～っぱいくれ」

と言ってきたので、みんなの同意を得て回収した魔核はそのまま二人の手へと渡った。

確かに、今回この二人しか活躍していないので文句は言えない。

そのまますぐに引き返し地上に戻って、四人でダンジョンマーケットに向かった。

「装備って何がいるんだろう？」

「やっぱり暗闇だからナイトスコープ的な物じゃない？」

「凄く明るいライトみたいなのはどうかな」

「いや、それはやめた方がいい」

「使い慣れてないナイトスコープより、視界がひらけて良い気がするんですけどダメですかね」

「見やすくはなるだろうが、光源の元が特定できるから多分敵から集中攻撃を受けるぞ」

「ああ、それはダメですね」

「それじゃあ、とりあえず人数分のナイトスコープを買いましょうか」

　ダンジョンマーケットに入り早速ナイトスコープの売り場を見つけて現物を確認するが、頭に固定できる双眼タイプだとちょうど十五万円だった。単眼タイプとか手で持つタイプとかもあり金額もそれなりだったが、今回の戦闘では使えそうにないので十五万円の物にすることにした。

　メンバーがそれぞれ一個ずつ手に取る。

「すいません、これあと三個ありますか？」

「海斗さん、四個も買うんですか？」

「ああ、シル達のも買っておこうと思って。サーバントも暗闇の中だと敵が見えないみたいだったからね」

「そうですよね。それは絶対必要なのです」

それにしても結構高い。四個で六十万円。先日の修理費や備品にかかった経費を考えると十二階層では今まで以上に頑張る必要がある。必ず元を取らないといけないのでサーバント達にも、ナイトスコープを使っての活躍を期待したい。

ナイトスコープの引き渡し前に暗い部屋に連れていかれて使い方と見え方を教えてもらったが、なかなか慣れそうにない。

たしかに暗い所でもしっかり見えはするが、映像は緑色でやはり裸眼のようにはいかない。

これは戦闘になった時にはある程度動きが鈍る事も想定に入れておいた方がいいな。

それと同時に俺は一つの決心をした。

「みんな、お願いがあるんだけどちょっといいかな。情けない話だけど多分俺では、このナイトスコープを使ってもネズミとかを倒すのは難しいと思う。以前明るい場所での猫に手こずったぐらいだから、かなり厳しいと思う。小さな敵の時は俺は攻撃を諦めて盾役に徹しようと思う。だから攻撃はみんなに頼らせてくれないかな」

「そんな事？　全然いいわよ」

「全く問題ないな。パーティだろう」

「海斗さん細かい狙いが苦手ですもんね。真剣な顔でお願いとか言うので何事かと思ったのです」

俺としては恥を忍んでの一大決心だったのだが、みんなあっさりしたものだった。文句の一つも言われるかと思ったが、やっぱパーティっていいな。

隼人達が最初のパーティで失敗しているのを聞いているだけに、俺は本当にパーティメンバーに恵まれているなぁとしみじみ感じてしまう出来事だった。

ダンジョンマーケットでナイトスコープを購入したので、性能を確かめるためにもすぐに十二階層へと戻ってきた。

サーバント達にもナイトスコープを一個ずつ渡して使い方の説明をしておいた。

「ふ～ん。見え方が緑で変だけど結構見えるもんだな。海斗が緑だ。便利な物があるんだな。これでわたしの活躍は間違いない！」

「まあ慣れるまでは無理せずにいくからな」

「マイロードこれがあればネズミなどに後れをとることはあり得ません。今度こそ、お役に立ってみせます」

「ご主人様、私達の分まで用意して頂いてありがとうございます。必ず使いこなしてみせます。一つ質問なのですが、このまま明るい光を見ても大丈夫なのでしょうか？」

「ああ、明るい光に対しても調整が利くみたいで問題ないそうだ」

「それであれば思いっきり戦えそうですね」

プレゼントしたナイトスコープの性能にサーバント三人共やる気になってくれたようだ。この階層では俺が役に立たない可能性があるのでその分頑張ってくれると嬉しい。

メンバー全員でナイトスコープを装着して十二階層の探索を始める。普段見慣れないスコープ越しの映像にどうしても違和感は覚えるが、慣れればなんとか戦闘はいけそうだ。

『ベチャッ！』

突然俺のマントに何か、液体の様な物が飛んできて付着した。

なんだ？

そう思う間もなく、煙を上げながらマントに穴が空いてしまった。

炎ではなく、酸か何かで溶けた様な感じだが、かなりやばいと感じたのでマントをすぐに脱ぎ去った。

流石にナイトブリンガーが溶ける様なことはなかったが、一体どこから飛んできたんだ？

「シル、敵はどこにいる!?」

「申し訳ありません。敵の反応がわかりません。おそらく以前の様に五十メートル以上離れたところからの攻撃ではないかと思われます」

超遠距離攻撃か。しかもこれは『アシッドボール』か、それに類するスキルか何かだと思う。

鎧をつけていないメンバーがくらうと、かなりやばい。

ナイトスコープを装着したとはいえ遠距離攻撃を見極めるのは至難の技だ。

「シル『鉄壁の乙女』を頼む。俺とシルで一気に距離を詰めるから、ベルリアとあいりさんも一緒にきて下さい。後のメンバーは後方待機で」

俺は『鉄壁の乙女』を発動したシルを抱きかかえて走り出そうとするが、背中に何かが飛びついてきた。

なんだ⁉

もしかして敵か？

いやルシェか！

「ルシェ何してるんだ。離せ！　走れないだろ」

「わたしはおんぶで良い」

「いや、おんぶもダメだ」

「敵が小さいと、わたしが必要だろ」

「……うっ。確かにそうだが」

「じゃあ、おんぶだぞ」

話し合っている時間が惜しいので焦っているうちに、ルシェに押し切られる形でおんぶすることになってしまった。

シルをお姫様抱っこしてルシェをおんぶして走る。

幼女二人を抱えている姿はとても戦いに向かう姿とは思えないが、強化されたステータスのおかげで、それなりに走れた。

「ほら大丈夫だろ」

正直そういう問題ではないが、この際スルーするしかない。

なんとか『鉄壁の乙女』の効果が切れる前に敵前にたどり着く必要がある。

三十メートル程前進している間にも、アシッド系と思われる液体が、かなりの回数、光のサークルによって弾かれている。

モンスターが複数いるのは間違いないが、俺の身体にも一気に乳酸が溜まり始めた。

完全におんぶしているルシェのせいだが、今更どうしようもないので悲鳴をあげる身体に鞭打って全力で前進を試みる。

更に二十メートル程進んだ所でナイトスコープの視界を何かが横切った。

小さいが地面ではなく空中を横切った。

なんだ？

「はぁ、はぁ、はぁ、シル、敵を感知できるか？」

「はい、恐らく七体です。空中を飛び回っている感じです」

七体か。結構多いな。できれば一気に叩きたい所だ。

それでもなんとか敵を感知できる位置まで辿り着き敵が七体である事がわかった。

しかも空中を飛び回っている様なので、虫か鳥だと思われる。

「あいりさん、空中の敵には魔核銃と『アイアンボール』をお願いします。ベルリアは……。まあ援護してくれ。ルシェここまでくっついてきたんだ思いっきりやってくれ」

「あ〜あ。もうおしまいか。もうちょっと遠くても良かったな〜」

「ルシェご主人様を困らせて楽しんではいけませんよ」

「じゃあシルは抱っこされなくて良いんだな」

「い、いえそういう訳では……」

「おいおい二人とも真剣にやってくれよ。シルも『鉄壁の乙女』の効果が切れたらもう一回頼むぞ」

「申し訳ございません。かしこまりました」

「ふふっ。怒られたなシル」

「いや、お前も一緒だよルシェ」

この無駄な会話のせいで余計に呼吸が苦しいが、そこから更に近づくと、敵影をナイトスコープ越しに捉えることができた。

捉えた姿は空中を結構高速移動しているが、小型のコウモリだった。

暗闇で大きなコウモリは恐怖の対象だが、このぐらいのサイズであればちょっとかわいい感じがする。

ただよくみると頭部に小さな一本角が生えている。

当たり前だが唯のコウモリな筈はなく眼前のやつは『アシッド』系の魔法を駆使するモンスターなので油断はできない。

ルシェとシルをその場に下ろしてから、俺も狙いをつけて一応バルザードの斬撃を飛ばしてみたが予想通り外れてしまった。

俺とあいりさんは魔核銃に持ち替えて撃ち落とすべく連射する。

『プシュ』『プシュ』

当たらない。地上の小さなモンスターでも当たらないのに空中で不規則な動きを繰り返すモンスターに当たる筈はなかった。

俺だけでなくあいりさんも苦戦している。

「ふふっ、ぜんぜん当たらないな。そろそろわたしの出番じゃないのか?」

「わかったよ。はやく手伝ってくれよ」

「それじゃあいくぞ。燃え落ちろ！『破滅の獄炎』」

頭上を獄炎が染め上げ空中の一角コウモリを丸焼きにして消滅させる。

ルシェはかなり軽い感じでスキルを発動したが威力は変わらず強力だ。

「姫、さすがです。見惚れてしまう炎の威力ですね。素晴らしいです」

またいつもの様にルシェに対するベルリアの変なヨイショが始まった。

「まだコウモリは残ってるぞ、気を抜くなよ」

日視できる限り、まだ五体は残っているので俺は魔核銃を再び構え直し、狙いをつけて発射するが、回避されやはり当たらない。

攻撃を続けていると隣であいりさんが一体しとめた。

「ふ～っ、ようやく一体か。やはり飛び回る敵相手では難度が違うな」

やはり俺は他のメンバーよりもかなり射撃の能力が低い気がする。魔核銃の使用歴はメンバーの中でも一番長いのに才能の問題かもしれない。努力はしているつもりだけどちょっと辛い。

『ウォーターボール』

今度は氷の槍を飛ばしてみるが、やっぱり当たらないので俺は牽制に徹することに切り替えた。

「ルシェもう一回頼む！」

「しょうがないな〜。頼まれてやるよ。『破滅の獄炎』」

空中に向かって広がった獄炎により更に二体が消滅したので残るは二体だけだ。

ただこの二体も絶え間なくアシッド攻撃を仕掛けてくるので気は抜けない。

コウモリの一体が比較的低空で飛来しながら攻撃を仕掛けてきた瞬間、ベルリアが何を思ったのか突然駆け出したと思ったらジャンプしてバスタードソードを一閃した。

「おおっ」

正にアニメかアクション映画の世界の様な攻撃で上空の一角コウモリを一体葬り去ってしまった。

「すごいな」

上空の敵への攻撃手段を持たないベルリアは今回は出番なしのおまけだと思っていたが、さすがは達人級だ。俺の想像を超えた攻撃手段で結果を残した。

残りは一体になったところでちょうど『鉄壁の乙女』の効果が切れた。

『神の雷撃』

シルの声が聞こえてきたと同時に雷の閃光が走り最後の一体も消え去ってしまった。

突然の攻撃に少し驚いたが最近、ルシェがいい意味でも悪い意味でも目立ちすぎてシルの影が薄めなので防御ばかりじゃなく攻撃もしてみたかったのかもしれない。

いずれにしても敵を殲滅できたので良かったが、結果的に俺だけ一体も倒さずに終わってしまった。

俺は全然活躍することはできなかったが、無傷で一角コウモリの集団を退ける事ができたのでよかった。

一戦終えて敵の特性がわかった今となっては、ミクがいればもっと簡単に対処できたと思うが、初見のモンスターだったのでこればかりは仕方がない。

「ミク、今度コウモリが出現したら頼むな。スピットファイアで撃ち落としてくれ」

「もちろんよ。さっきの戦いだけど遠目にしか見えなかったけど、もしかして海斗って全然コウモリに攻撃当てれなかったんじゃない？」

「うっ……。まあそうだけど。俺は一応牽制役してたから」

「良かったら今度一緒に射撃の練習する？　コツ教えてあげようか？」

「コツってあるの？　あるなら是非教えて頂きたいです」

「じゃあ今度一緒に練習しましょう。きっと当たる様になるわよ」

「先生、是非お願いします」

今までは大きくて直線的なモンスターが多かったので、それほど気にならなかったが、このままでは射撃の腕にコンプレックスを覚えそうだったので本当にありがたい。

一角コウモリを殲滅してから更に奥へと探索を進める。

「みんな寒さは大丈夫？」

「大丈夫なのです。持ってきたダウンジャケットのおかげで全く問題なしです」

「私もダウンにすればよかったかな。結構厚着してきたつもりだけど、立ち止まるとちょっと寒いかも」

「私はコートとネックウォーマーのおかげで問題ない。それにしても鎧はカッコいいが大変そうだな」

「いえ、今日は中の装備が万全なので大丈夫ですよ」

それぞれが防寒対策をきちんと取った事で問題なく進めそうだが、さっきの戦闘でまた俺のマントがダメになってしまった。買ったばっかりだったのに本当に惜しいが、溶けて大きな穴が開いているので、さすがに再利用できそうにない。これで三万円の出費が確定してしまった。

幸い貼るカイロが活躍してくれているのでマントがなくても何とかこの階層は進めそう

だ。

それに動いたからか先程感じていた異常な寒さは、もうなくなっている。

「ご主人様、敵十体が接近してきます。注意してください」

向かってくる十体の群れ。これはあいつらと同じパターンだ。

「みんな、朝のネズミかもしれないから全員前方に注視して欲しい。見つけたらそれぞれ狙い撃って。シルとルシェも攻撃してくれ」

指示を出した五秒程後にナイトスコープを通して敵影を捉えることができた。

やはりネズミだ。朝と違い今回はしっかりと見える。

俺は前に立って魔核銃を連射するが的が素早い上に小さすぎる。

ベルリアもさすがに地を這うネズミを相手にした事はない様で苦戦している。

前衛二人が苦戦している中、活躍が目覚ましいのはミクとシルそしてルシェの三人だ。

さすがにミクも的が小さすぎて百発百中とはいかないようだが、スピットファイアを駆使してかなりのペースでネズミを撃退している。

シルは『神の雷撃』。ルシェは『破滅の獄炎』というおよそネズミ相手に放つスキルとは思えない攻撃をそれぞれ放ち、複数の敵を殲滅している。

残念ながらスナッチ用のナイトスコープは売ってなかったのでスナッチは殆ど役に立っ

ておらずこの階層では完全に俺の仲間だ。

途中からは命中させる事は諦めて後方にネズミを通さないことだけに専念した。

朝のネズミ同様に魔法を使役して石の刃物の様なものを飛ばしてくるので、それが後方に届かない様に俺とベルリアが壁となって奮闘する。

俺の場合ベルリアの様に剣で撃ち落とすような真似はできないので、頭にだけはくらわない様に注意してナイトブリンガーを頼りにネズミの攻撃を一手に引き受ける。

石の攻撃が金属製の鎧に通用する筈がないと自分に言い聞かせて恐怖に打ち勝つべく、気合を入れて立ち回る。

「ぐぅうう」

身体は全く痛くはないが、攻撃が当たるたび、俺の小さな心臓が跳ねる。早く終わってくれ～と思いながらも身体を張って必死に頑張った。

実際の戦闘は二～三分程度で終了したと思うが体感的には十分以上戦っていたと思えるぐらい神経をすり減らした。とにかく俺達パーティは十二階層のネズミにリベンジを果たす事ができた。

メンバー全員にリベンジを果たした充実感とネズミに勝ってもな～という微妙な空気が流れたのだった。

「まあ、なんとか倒せて良かったよ。みんな怪我もないし、さっきは一角コウモリも倒せたし十二階層でもナイトスコープがあればやっていけそうだね」

「おいおい海斗、さっきのネズミの戦いでお前は何匹倒したんだ？　わたしは三匹倒したけどな」

「お前わかってて言ってるだろ。どうせ俺はゼロだよ。だけどな一応お前達に被害が及ばない様に攻撃を防いでたんだぞ」

「ルシェ、ご主人様も頑張ってくれてるんだから、意地悪なことを言ってはダメですよ」

「わかってるって、ちょっと言ってみただけだって。別に本気じゃないって」

「ルシェ、お前のツッコミは本気と冗談の区別がつき辛い。地味にダメージが入るから加減してくれ」

「え～そうなのか、悪かったよ」

「え⁉」

「なんだよ」

「ルシェも少しは成長してるんだな。俺は今猛烈に感動しているよ」

「ふんっ！　失礼なやつだな。わたしは十分成長してるよ。なんなら服の中でも見せてやろうか。今度一緒にシャワーでも浴びる？」

「お、おぃ。そういう意味じゃないって。頼むからやめてくれ。そんなに俺を社会から抹殺したいのか？」

「ふふっ、二人とも本当に仲が良いのです。羨ましいです」

「本当にそうだな。いつか私もその輪の中に入れてもらいたいものだな」

「私もシル様とルシェ様と海斗みたいにもっと仲良くなりたいな」

今のやり取りも外からは仲が良い様に見えるらしい。まあルシェも以前より心を開いてくれている感はあるし、軽口もまあ良い傾向なのかもしれない。

それでもクソ生意気な妹には変わりがない。

「よかったら私の服の中も見てみますか？」

「シル、本当に勘弁してくれ」

「ふふっ。冗談です」

ルシェだけでも辛いのにシルまで加わると、もう俺では保たなくなってしまいそうだ。

「みんな申し訳ないんだけど、マントがまた溶けて穴が開いてしまったから、今日はこれで引き返していいかな。ダンジョンマーケットで今日中に買っておきたいんだ」

「もちろんよ」

「そんな事、遠慮せずに早く言えば良い」

「装備は大事なのですよ」

みんなの同意を得て今日はそのまま引き返す事となったが、マントのない状態で十階層のゲートまで引き返すのはかなりきつかった。

やはり帰りは暑い……。

サーバント二人が、からかってシャワーについて来ようとしたので丁重にお断りしておいた。疲れた身体には地味に堪える。

俺はシャワーを浴びてから地上に戻ってみんなと別れ、ダンジョンマーケットに向かった。

「すいません。黒色のマントをお願いします」

「あの、失礼ですが、お客様先日も黒いマントをお求めになりませんでしたか？」

「はい。この前買ったばっかりなんですけど、モンスターに溶かされて穴が空いちゃったんです」

「その前は茶色のマントを購入されたと記憶しているのですが」

「ああ、あのマントはどうしても探索に必要になったので、やむなく役目を終えた感じです」

「そうなんですね。魔法を使うようなモンスターと戦われてるという事は結構奥まで進んでるんですよね」

「今十二階層です」

「それであればこちらのマントはいかがでしょうか？」

「このマント何か違うんですか？」

「特殊な繊維で作られていますので少々の炎なんかでは穴は空きません」

「それは良いですね。値段は幾らぐらいしますか？」

「価格は十五万円になります」

「そんなにするんですね。う～ん」

「良い物はずっと使い続けることができます。前にお買い上げ頂いた物はマント単体で三万円ですので既に六万円使われた事になります。今後も探索を続ける上でモンスターも強力になってくるでしょう。そうなれば今までのマントでは、更にハイペースで買い替えが必要になる筈です。それが一度こちらのマントを購入すればずっと使うことができます。しかも今までのマントよりも遥かに高性能な物を装備し続けることができるのです。想像してみてください。安いマントで我慢して買い替え続けるか、この高性能マントで安心して探索を続けるのとどちらが良いと思いますか？　もう答えは出ている筈です」

「はい。高性能なマントをください。黒色でお願いします」

「お買い上げありがとうございます。お客様の探索ライフがこのマント一枚で快適になる事間違いありません。本当に良い買い物をされましたね」

「はい。ありがとうございます。早速明日から使わせてもらいます」

今日は本当にいい買い物ができた。値段は少し高かったが、やはり値段には代えられないものがある。


今日の俺は昨日迄の俺とは違う。

新調した黒いマントを羽織っている。

マントが少しバージョンアップしただけだがテンションは高めだ。

「海斗何かいいことあった？　機嫌が良さそうだけど」

「わかる？　このマント見てよ」

「え？　新しいの買ってきたんだよね。それがどうかした？」

「いや、よく見てよ」

「？　何？　何のことかわからないんだけど。ヒカリンわかる？」

「いえ、昨日のマントと全く同じ黒いマントですよね」

「いやいや、これが全く同じではないんだ」

「私も全く同じ物に見えるんだが何か違うのか？」

「実はこれ、今までのと違って特殊繊維でできたマントで炎とかにも強いんです」

「ああ、そうなのか。全くわからなかった。悪かったな」

「私も全く気づかなかったわ。ごめんね」

「見た目は全く同じに見えるのです。高かったんですか？」

「これは一生物の良いマントだからな。十五万円したけど安い買い物だったよ」

「十五万円したのか……」

「一生物っていっても、人の好みって変わるのよ」

「まあ海斗さんが満足しているなら良いと思うのです」

なんだこの微妙な反応は？　どうも女性陣にはこのマントの良さが伝わらないらしい。

マントの良さがわかるのは男性限定なのだろうか。

とにかく万全の態勢を整えたので今日も十二階層に臨む。

しばらく進むとすぐに反応があった。

「ご主人様敵モンスターです。五体反応があります。気をつけてくださいね」

五体か。この階層としては少ない気もするが、やはり今までの階層よりも現れる敵の個体数が多い気がする。

「とりあえず、ネズミか猫かわからないから気を抜かずに対応しよう。俺とあいりさんとベルリアで前に立ちましょう」

小動物の可能性も高いので地面と空中をそれぞれナイトスコープ越しに凝視する。

空中には、その姿を認められないが微かに砂を蹴って進む音がする。

音のする方に注意しているとその姿を捉えた。

これは、犬か？　いや、小型の犬らしきのともう一種類、わかりにくいがきつねの一種のフェネックっぽいのが交じっている。よくみるとそれぞれ角や牙が生えている。ぱっと見可愛い風貌だがやはりモンスターだ。

「俺達前衛が食い止めている間に動きをよく見て残りのメンバーで攻撃を頼む」

かなりのスピードで五体が迫ってきたのでバルザードの斬撃を飛ばすが、散開して躱される。

注視していると犬っぽいのは直線的に迫ってきて、フェネックっぽいのは斜め方向に飛び跳ねながら迫ってくる。

「ベルリア、きつねはまかせた。俺は犬をやる」

今までの経験から俺は相性の良さそうな方を選んで対峙する。

迫り来る犬型モンスターに短いバルザードだけでは怖いので魔氷剣を発動し迎え撃つ。

モンスターも俺達前衛三人に対して三体がついて、残り二体がわきから後方に抜けた。

「シル頼んだぞ」

「おまかせください」

その瞬間俺の後方から雷撃の瞬きと獄炎の熱量が伝わってきた。

何も知らないモンスターからすると、幼女中心の後衛の方が倒し易いと考えるのは至って普通だろう。ただ俺達のパーティは普通ではないので後衛の方が火力は圧倒的に強い。飛び込んだ瞬間に即終了となるのでモンスターからすると、想定外としか言いようがないだろう。

今度は俺の番だ。犬に向かって魔氷剣を振るうが、さすが十二階層の犬だけあってヘルハウンドとかよりもかなり素早い。

距離をとって対峙していると、突然犬が吠えながら口を開いた。

「ワオオオオ〜ン」

まずい。

直感的に危険を感じて正面から外れるべく飛び退いた瞬間、犬の口から小規模なファイアブレスが放たれた。

しまった！　避けきれず少しブレスを浴びてしまった。ただ熱量は感じたが、どうやらマントは焼けていない。

　さすがは特殊繊維でできたマントだ。値段以上の価値があると自己満足しながら、ファイアブレス終わりにカウンターで魔氷剣の斬撃を飛ばして犬もどきを撃退することに成功した。

　隣を見るとベルリアの相手のフェネック型は、ぴょんぴょん飛び跳ねながらベルリアと交戦していたが、後方からスピットファイアの小型ファイアボールをくらって動けなくなった所をベルリアにとどめを刺されて消滅した。

　最後の犬型はあいりさんが薙刀の距離感を生かして完封して終了していた。

　今日の初戦は幸先良く完勝だった。新しいマントもしっかりと性能を発揮してくれたので満足だ。もし前と同じ物を買っていたらまた買い替えが必要になる所だった。

「みんな、ほら。このあたりファイアブレスがかすったけど、燃えてないだろ？」

「そうね。たしかに燃えてはないわね」

「騙されてなかったんですね。よかったのです」

　酷い。俺が騙されてこのマントを買ったと思ってたのか。

　初戦を無難に終え十二階層を進むが、二日目の今日は昨日までの苦戦を糧にして、かなり良いペースできている。

俺自身は割り切って小さい敵は他のメンバーにまかせて、ある程度的の大きい敵を中心に対応している。

小さな敵の時は盾役に徹する事でうまく対応することができていると思う。

今回はシルにも積極的に攻撃役をこなしてもらっているからか、かなり機嫌が良い。

しばらく潜ってわかったがこの階層のモンスターはそれぞれが、結構な頻度で魔法を使ってくる。

そこまで強力なものではなくボール系中心ではあるが、やはり魔法を使ってくるのは非常に厄介だ。

「ご主人様、今度も数が多いです。十体以上いそうですが、はっきりとはわかりません」

「はっきりわからない？　どういう意味なんだ？」

「反応が微弱で、重なっていたりしてはっきりとはわかりません」

「とにかく今までとは違う感じなんだな。念の為シルは『鉄壁の乙女』を頼む。みんなも敵モンスターをしっかり見極めてから攻撃頼むよ」

「かしこまりました。ご武運を。『鉄壁の乙女』」

光のサークルの中で敵を待ち構えるが敵はいっこうに現れない。なんだ？　どうして来ないんだ？

「シル敵が来ないんだけど」

「ご主人様、敵の反応は確かにあります。近づいてきているのは間違いありません」

「みんな、何か見えてる？」

「…………」

返事がないので俺同様、何も見えていないようだ。

皆の反応を窺うために横を向いた瞬間、いきなり大きな火球が十個連なって襲ってきた。

『ズドドドォーン！』

『鉄壁の乙女』の効果でノーダメージだが、通常の『ファイアボール』よりも明かに大きな火球の十連撃はかなりの大迫力だった。

どこだ？　どこから攻撃してきた？　十体もの敵だ。見えても良いはずだ。どこから攻撃してきてるんだ。

「ベルリア、わかるか？」

「いえ、確かに何かの気配を感じる事は感じますが、微弱すぎてよくわかりません」

ベルリアもダメか。

『ズドドドォーン！』

再び大型火球の十連撃が襲ってきた。

まずいな。敵影が掴めない。このままではジリ貧になってしまうので、このまま撤退するか？

「ルシエ、とりあえず前方に攻撃してみてくれ」

「わかったよ。でも場所は適当だからな。当たるかどうかはわからないぞ。『破滅の獄炎』」

前方を獄炎の炎が照らし出すが、正面で何かが燃えた感じはしない。

「海斗さん、あそこで何か動きましたよ」

「え!? 全然わからなかったけど、何処？」

「前方の砂の上なのです」

砂の上？ 慌てて前方の砂の上を見てみるが何も見えない。

「ごめんわからない。どんなやつ？」

「すごく小さいのです。モンスターかどうかもわからないのですが、ネズミより小さいのです」

ネズミより小さい？

「ミク見えてる？」

「ごめん。私も全然見えてない」

「あっ。動いたぞ！」

「あいりさん。見えましたか？」

「ああ、たしかに何かが動いた。小さいが虫ではないと思う」

俺には見えていないが、たしかに何かはいるようだ。

「ルシェ前方の地面に向かってもう一発頼む」

「わたしは何にも見えてないからな。適当に撃つぞ。『破滅の獄炎』」

再び前方を獄炎が照らし出すが、たしかに当たったかどうか全くわからない。

「シルどうだ？　反応は減ったか？」

「はい。わかりづらいですが、恐らく二体程反応が減りました」

一応効果が得られたようだが、まだ八体残っているらしい。

敵も先程の攻撃で警戒するだろうから同じ手は効かないかもしれない。

昨日のネズミと同じ様な展開だが、大きく違うのは、未だに俺が敵を認識できていない事だろう。

『ズドドォーン！』

少し数を減らした大型火球が、またもや襲いかかってきた。

「シル、効果が切れたら、もう一度『鉄壁の乙女』を頼む」

これでしばらくは大丈夫なので、戦略を練りながら地面を凝視する。

「あっ！」

たしかになにかが動いたが、かなり小さく素早い。

明らかにネズミとは違う感じだ。もう少し平たい感じがするが、この小さいのがあんな大きな火球を出現させていたと考えると、小さくても決して侮れない。

ネズミより小さな何かが砂の上を絶えず移動しているが、小さすぎるのとナイトスコープ越しのせいではっきりとは正体が掴めない。

『ドガガガーン』

こちらが手間取っている間にも大きな火球が襲ってくる。

「ミク、敵を確認できた？　狙えそう？」

「一瞬見えたけどさすがにあれは無理よ。小さすぎる。狙ってるうちに逃げちゃうわ」

ミクはダメか。

「ヒカリン何とか『アイスサークル』で捕らえられないか？」

「やってみます」

ヒカリンが砂の上を凝視して『アイスサークル』を発動する。

何とか一体を捕捉する事に成功したが、連続で捕らえることはできない。

俺がバルザードの斬撃を飛ばして捕捉した一体は消滅させたが、氷で捕捉した時にようやく、その姿を確認することができた。

敵の正体は蜥蜴だった。大きさはおそらく七～八センチぐらいだろうか？　普通の蜥蜴と比べても一回り以上小さいサイズだが、鱗が鎧の様になっていた。

大きな火球を放つ蜥蜴。これはまさかあの有名な火蜥蜴、サラマンダーか⁉

「みんな、あの火蜥蜴ってもしかして、あのサラマンダーじゃないか？」

「海斗、さすがにそれはないだろう。サラマンダーだぞ。あんなサイズじゃないだろう」

「いや、でもあんな大きな火球を撃ってくるんですよ。まさに火蜥蜴じゃないですか」

「言われてみればたしかにそうだが」

「ご主人様、本来のサラマンダーは精霊の一種なので同じ物かどうかはわかりませんが、大きさは手のひらサイズの事もあるようです。ですのでまったく違うとは言い切れません」

おおっ。やっぱりあれがサラマンダーか。ファンタジー物のレギュラーキャストといっても過言ではない有名なやつだ。俺が目にしている蜥蜴がそうだとしたらちょっと感動だ。倒し方に苦慮しているが、それは置いといて感慨深い。

「おい、海斗。馬鹿面してないでどうにかしろよ」

俺の感動シーンをルシェの無粋な声がかき消してしまった。

いや、だけど真剣にどうしよう？　後七体。ヒカリンの『アイスサークル』でも七体全部を同じ戦法で捕らえる事はできないだろう。こうなったら、困った時のとにかく火力押ししかない。

「ヒカリン『鉄壁の乙女』の効果が切れたら『アースウェイブ』で火蜥蜴を捕捉してくれ。あいりさんとミクは後方に下がってください。ベルリアは飛んでくる炎の球をできるだけ撃ち落としてみんなを護ってくれ。残りのメンバーで攻撃をかけるぞ」

『鉄壁の乙女』の効果が切れ、ヒカリンの『アースウェイブ』が合図となり俺達は打って出た。

前方に向けて俺を先頭に三人で一斉に走り出す。砂の上を凝視して見つけ次第即攻撃だ。

すぐに一体見つけたのでシルに声をかける。

「シル頼んだぞ」

「かしこまりました。『神の雷撃』」

そのまま止まらずに前進すると、すぐにもう一体も発見したので今度はルシェが狙い撃つ。

「チョロチョロするな蜥蜴のくせに。『破滅の獄炎』」

問題なく二体を葬り去ったがまだ五体残っている。

更に奥に走ると今度は三体がそれぞれ離散するのが見えたが、そのうち一体は「アースウェイブ」にはまった。

「真ん中は俺がやる。左右に逃げたのを頼む」

俺の通常攻撃では当たらない。狙うには精度が足りず、確実に倒すには火力が足りない。

今の俺にはこれしかない。

『愚者の一撃』

バルザードの斬撃に目一杯の威力を込めて地上の火蜥蜴目掛けて放つ。

唸りを上げた斬撃が周囲の砂と一緒に蜥蜴を爆散させた。

すぐに強烈な倦怠感が襲ってきたので、用意しておいた低級ポーションを飲み干し後方へと下がる。

俺が一連の動きをしている間に左右の蜥蜴はシルとルシェがしっかりとしとめてくれていた。

後二体。

後方へと火球が二個飛んでいったのが見えた。

まずい。敵を見落としてしまったらしい。

火球の一つはベルリアが斬って落とした。相変わらず肩口にダメージを受けてはいたが『ダークキュア』があるので問題ないだろう。

もう一発はうまく回避できたようで、メンバーはノーダメージだ。

「シル、ルシェ後ろに戻るぞ！」

三人で元の位置に戻るべく走りだしたが、最後の二体は、後方からあいりさんとミクがそれぞれ『アイアンボール』とスピットファイアの連射で倒してくれた。

俺は『愚者の一撃』の代償として低級ポーションを一本使ってしまったので十万円が飛んでいってしまったが、初見の相手で結構手ごわかったのでやむを得ない。

落ちている火蜥蜴の魔核を見ると結構大きいが、一個一万円以上で買い取ってもらえるかは微妙な感じだろう。

「ご主人様、お腹が空きました」

「『破滅の獄炎』を連発したんだから、いっぱいくれよな」

あ～っ、この二人の分もあるから完全に赤字だな。

火蜥蜴を力業で撃退したが、結局、これといった攻略法を見つける事はできなかったので次遭遇しても全員で力押しするしかない。

次こそ俺と相性の良い敵が出ると良いな。何とか次で取り返したいところだが、これまでの感じだとやはり十二階層は小型のモンスターが中心なのかもしれない。

「ヒカリン、次にさっきみたいなのが出てきたら『ファイアボルト』で倒せそうかな？」

「やってみないとわかりませんが、動きを予測して放てば、なんとかなるかもしれないのです」

「ミクもなんとかスピットファイアで倒せないか？」

「最後の一匹は倒せたから、ある程度見通しの良いオープンスペースに敵がいれば連射で倒せるかも」

「あいりさんも『アイアンボール』で倒せてましたもんね」

「ああ、ある程度、動きを先読みして放ったからな。狙いも段々つくようになってきたからだが、狙いやすい場所にいれば何とかなる」

「本当は、スナッチが一番適任な気はするんだけど、さすがにカーバンクル用のナイトスコープは売ってないよな」

一応、全員が火蜥蜴に対する経験を積むことはできたので、次の方がより上手く戦えると思う。

それにしてもやっぱり暗いのはかなりハンデだ。ナイトスコープを使ってはいるが、普段眼鏡などもつけていない俺が急にナイトスコープを装着して探索をすると、それだけで結構疲れる。

敵がいる時は寧ろ集中するので、それ程違和感は感じないが、ダンジョンを歩いている

時は足下や周囲の壁にも注意を払わなければいけないので消耗してしまう。

ナイトスコープ越しだと距離感が掴み辛く、探索のペースも今までよりも格段に落ちてしまっている。

「ご主人様、敵モンスターです。今度は四体です」

「エンカウントのペースが速いな。俺とベルリアが前だ。あいりさんが中衛、後は後衛で頼む」

俺とベルリアが前に立つが、四体だとこの階層では少な目な気がする。

数からして、なんとなくだが今までよりは大きい敵な気がする。

「ベルリア見えたか？」

「いえ、まだ何も見えていません」

隊列を組み迎撃態勢を取ってはいるが敵がこない。

また火蜥蜴なのか？

砂の上に目を凝らしているが全くなにも見えない。

「マイロード避けてください！」

ベルリアの声に反応して、あわてて横に飛び退くが、足下の砂の地面が陥没してしまった。

蟻地獄のようにゆっくりではなく突然足下が陥没してしまったのだ。

「ベルリア、よくわかったな」

「いえ、たまたまです。何となく足下の方に嫌な感じがしたので」

「ベルリア、敵は砂の中か」

「見えているわけではないので、断言はできませんが可能性は高いと思われます」

また厄介な敵だ。

砂の中の敵のようだが、以前の巨大ミミズのような直接的な攻撃をかけてくるわけではないので、居場所が特定できない。

「シル、敵の居場所がわかるか？」

「ご主人様、申し訳ございません。敵の居場所までは、はっきりとはわかりかねます」

地中の敵。また厄介な敵が相手のようだが、即座にこれといった攻略法を思いつかない。

一応バルザードの斬撃を足下の砂に飛ばしてみるが、当然砂が弾け飛んだだけで何の効果もなかった。

地中の敵、大きいかどうかすらわからない。

「マイロード避けてください！」

再びベルリアの声に反応して避けるが、また俺の足下だけ大きく陥没した。

おそらくこの敵はいつものように俺をターゲットにしているのかもしれない。

ベルリアが第六感で辛うじて感知できるようなので、その瞬間を狙ってシルに攻撃をさせるしかない。

「シル、俺の近くにきてくれ。ベルリアが俺の足下の敵を感知したら神槍で足下を攻撃してみてくれ」

「かしこまりました。ただご主人様を囮にしているようで、あまり良い気はしません」

「問題ない。俺はこの前おみくじで末吉だったから、こんなもんだよ。シルを信用しているから大丈夫だ。思い切ってやってくれ」

「ご主人様、そこまで私の事を信頼してくださって嬉しいです。間違いなく敵を殲滅してみせます」

俺のひとことでシルにやる気が漲っている。

普段から本当にシルの事は信じているのだが、言葉にするってやっぱり大事だな。

「ベルリア頼んだぞ。お前の勘が頼りなんだ」

「おまかせください。マイロード、必ず期待に応えてみせます」

「ああ、頼んだぞ」

自分で考えた作戦とはいえ、自分自身を囮にするのはかなり緊張する。

数秒後にベルリアから声がかかる。

「マイロード、きました。避けてください」

声に従って大きく横に飛び退くのと同時にシルに声をかける。

「今だシル。頼んだ〜！」

「はい。我が敵を穿て神槍ラジュネイト！」

シルの攻撃により、今まで俺が居た足下の砂地が大きく穿たれ、吹き飛んだ。

吹き飛んだ砂を見ると、砂に交じって、小動物のような物が飛んでいって消滅してしまった。

はっきりとは見えなかったがあれってもぐらか？

「みんな、敵を確認できた？」

「多分もぐらじゃない？」

「もぐらだと思うのですが、口の部分にドリルっぽい物が」

「私も見えたぞ。ドリルがついていたな」

どうやら敵はもぐら型のモンスターで間違いないようだが、口がドリルになっているらしい。

敵なので微妙なところだが、ドリルもぐら。何となくカッコいいな。

モンスターっていうよりメカで出てきそうな感じと能力なので、微妙に俺の厨二心が反応してしまいそうになる。

「マイロード、きましたよ。今です」

ドリルもぐらに想いを馳せている間にも敵が襲ってきたようで、ベルリアの声に反応してジャンプする。

「シル。頼んだぞ！」

「我が親愛なるご主人様の敵を穿て神槍ラジュネイト！」

再び足下がシルの攻撃により大きく穿たれて弾け飛んだ。

今度も弾け飛ぶ土の中にドリルもぐらを確認する事ができたが、やっぱり、散りざまもカッコいいような気がする。

それと、さっきのシルの神槍の発動用の聖句だがなんかおかしかった気がする。聴き間違えだろうか？　一瞬の事だったのではっきりとはしないが違和感を覚えた。

まだ敵を倒し切ってはいないので集中して聞き漏らさないようにしないといけない。

「マイロード、今です。跳んで下さい」

さすがに三回目になると少し慣れてきたので、さっきよりも余裕を持ってタイミングよくジャンプする。

「シル、もう一回頼んだ～」

「はい。我が親愛なるご主人様の敵を穿て神槍ラジュネイト！」

『ドバガガーン！』

二度、足下が炸裂してドリルもぐらが散っていく。やっぱり悪役然としていてかっこいい気がする。

それにしてもシルの聖句だがいつもより力が入っている上にやっぱり文言がいつもと違う。

しかも俺の勘違いかもしれないがラジュネイトの威力が幾分か上がっている気がする。

「マイロード、最後の一体がきましたよ。今です。はいっ」

ベルリアも四回目で慣れてきたのか、掛け声がおかしい。まるで縄跳びのようだ。

おかしいが俺も慣れたものでそれに合わせて身体が自然と動いてジャンプした。

「シル、これで最後だ。頼んだぞ！」

「我が親愛なるご主人様の敵を穿て！　そして消え去れ！　神槍ラジュネイト！」

おおっ。やはりいつもと聖句が違う。しかも力が入っている。おまけに威力も明らかに増している。だけど聖句の内容が聞き取れると嬉しいような恥ずかしいような感じがする。

『ドバガガーン！』

威力がありすぎたのか、今度はドリルもぐらは姿を見せる事なく消滅してしまった。

それにしても見事に四体共俺の所を狙ってきたな。

俺から変なフェロモンでも出ているのだろうか？　それとも末吉の呪いか？　なんで俺ばっかり狙ってくるのかモンスターに聞く訳にもいかないので真相は謎だ。

「シル。よくやってくれた。ありがとう」

「いえ。お役に立てて嬉しいです。それにしてもご主人様ばかり狙う不届きなモンスターでしたね。さすがに頭にきてしまいました」

「そういえば、神槍の聖句がいつもと違ったようだけど」

「あれは……。聖句はあくまでも発動のきっかけですから、ご主人様への攻撃が許せなくて、いつもより力が入ってしまいました」

「俺のために怒ってくれたんだな。嬉しいよ。これからも頼りにしてるからな」

「ありがとうございます。これからもご主人様のために頑張りますね」

シルと会話をしていると、ベルリアが得意そうな顔でアピールしてきているのが見えたので一応声をかけておく。

「ベルリアも助かったよ。ありがとうな」

「マイロードのお役に立てて幸せです。これからも一層励ませて頂きます」

「頼んだぞ」

それはそうとドリルもぐら、敵ながらカッコ良かったな。

「あのさ、さっきのもぐらだけど、ちょっとカッコ良くなかった？」

「えっ？　どこが？　ただのもぐらでしょ？」

「いやフォルムとか」

「海斗さん変ですよ。フォルムってただのもぐらですよ」

「いや散りざまとか」

「海斗、それはないと思う。だってもぐらだぞ」

う〜ん女性陣にはあのカッコ良さがわからないらしい。

パーティメンバーで普段からわかり合えていても、この感覚まで共有する事は難しいらしい。

本当は誰（だれ）かと共有して盛り上がりたい所だが仕方がないので、この感情は胸にしまっておこう。

「ご主人様」

「うん、シルどうしたんだ？」

「お腹が、お腹がすきました。もう我慢が……できません」

「ああ、そうだな。今回はラジュネイトを連発してくれたしな。しっかり食べてくれ」

そう言って俺はスライムの魔核をシルに渡す。

「マイロード私もお願いしてよろしいでしょうか？」

「被害がなかったのはベルリアのおかげだしな。ほらっ」

ベルリアにも少し多めに魔核を渡す。

「海斗、わかってるだろうな」

本当はわかりたくないが、わかっているよ。

「これはルシェの分な」

「わかってればいいんだ。あ〜戦いの後の魔核は格別だよな」

いや、ルシェは今回戦ってはいないだろう。

第六章　スライムマイスターへの道

昨日は、ドリルもぐらを殲滅した時点で撤収したのだが、シルにハイコストのスキルを連発させた事もあり、サーバント三人への魔核が大変なことになってしまった。

十二階層を攻略するためにもまた今日から放課後はスライムの魔核を貯める事に専念する事にした。

今日も既に八匹を倒しているが、さすがに今のレベルでスライムを倒す事には余裕を感じているので、コストのかからない倒し方を実践しながら色々研究している。

バルザードや『ウォーターボール』は魔石を消費してしまうので最初から除外している。

ただし、タングステンロッドやベルリアのバスタードソードを借りて斬りつけてみたがレベルアップしたステータスを持ってしても、すぐに再生してしまうのでうまくポイントをつかないと倒せない。探索者講習の時の講師は、剣でもうまく倒していたので、単純に俺の技量が足りないのかもしれない。

次に試したのはパンチとキックだ。格闘経験は全くないのでへっぴり腰だがレベルにまかせて思いっきり蹴り上げてみる。

『グチュ、ボヨヨーン』

大きく弾け飛んで、一瞬いけそうな雰囲気はあったが残念ながら、すぐに修復してしまった。

やってみた感じとしては、もう少し威力があれば倒せそうな気がする。

その日はそれ以上やっても成果を得られそうになかったので、結局いつもの殺虫剤ブレスに切り替えて合計三十五個の魔核を回収する事ができた。

次の日は家からいくつか武器になりそうなものをダンジョンへと持ち込んだ。

一つ目はキッチンにあったフライパンだ。昨日は攻撃の威力と面積が問題のように思えたので硬くて面積の広いフライパンを試してみる事にした。

早速スライムを発見したので、近づいて思いっきりフライパンでぶっ叩いてみた。

ジェルっぽい抵抗感があり、

『グニュ、ボヨヨーン』

おかしな音と共にスライムが後方に吹き飛んだが、残念ながら消滅はしていない。続けて何度かフライパンでぶっ叩いてみたが、同じ事の繰り返しで消滅させる事はできなかった。

残念なことにフライパンの持ち手は、ぶっ叩く時にそこまで力を込められるように作られていないようで、武器としての性能は今ひとつだ。おまけにさっきの戦闘で手元の部分が少し曲がってしまったので、帰るまでに母親に怒られないよう、こっそり直しておかなければいけない。

次に試したのはテニスのラケットだ。家の倉庫に転がっていたものだが、誰が使っていたものかは、わからない。

振った感じは、スピードも出ていい感じなのでこれならいけるんじゃないかと思える。フライパンでは倒す事のできなかったスライムに向けて、ラケットをフルスイングして攻撃してみた。

『グチュッ！』

ラケットにジェル状の強い抵抗感を感じたが、そのまま力任せに振り切ってやった。

「うっ。いってー」

ガットの網目状にスライムが切断されスライムを消滅させることができた。

ただ軽いラケットのせいで、スライムへのインパクトの瞬間握っている手と手首に大きく負担がかかってしまい少し痛めてしまった。

一匹だけならまだいいが、複数を倒すには向いてなさそうだ。

そして最後に試したのが大きめのショベルだ。

これも家の倉庫で発見したものだが、かなりの年代物のようで金属でできたショベル部分が結構重い。

すぐに次のスライムを見つけてショベルを両手で持ってフルスイングした。

『グチュ、グニュ、ボヨヨーン』

インパクトの瞬間に結構な抵抗感が生まれたが、今度は両手でしっかりと握っているお陰で問題なく振り切れ、いつものスライムの消失音を発生させる事ができた。

「やった！」

「ご主人様、おみごとです」

「ああ、ありがとう」

「シル、甘やかしちゃダメだぞ。たかがスライム一匹倒しただけだろ。全然さすがじゃない」

「ルシエ、そんな事、わざわざ言わなくても俺が一番わかってるよ」

たかがスライム一匹だが、殺虫剤を使わずにコストゼロで倒せた事に意味がある。

その日はショベルを使ってスライムを倒して回ったが、二十二個の魔核を回収する事ができた。

明日以降のペースアップに期待したい所だ。

昨日と一昨日の二日間試行錯誤した結果、俺はコストゼロでのスライム討伐の偉業を達成していた。

他の探索者にとっては当たり前の事だとは思うが、今まで殺虫剤や魔核を消費しながら倒していた俺としては、大きな進歩だ。

大きなショベルによる一撃。勿論、俺のスキルであるスライムスレイヤーの恩恵もあり、スライムにとっては結構強烈な一撃になっているのだろう。

今日一日とにかく頑張って、コストゼロで今までの記録を更新してみたい。

「ご主人様、前方にスライムです。頑張ってくださいね」

「ああまかせとけ。今日の俺はいつもとは違うぞ」

前方に現れたレッドスライムに向けて猛然とダッシュして射程に入った瞬間ショベルを振りかぶってフルスイングした。

『グチュ、グニュ』

普段使っているバルザードとは全く勝手が違うので、当たるには当たったが、クリティカルヒットとはいかず、少しずれてしまったようで消滅には至らなかった。

再生中のスライムにしっかり狙いを定めて、今度は中心めがけてフルスイングした。

『グチュ、グニュ、ボヨヨーン』

渾身の一撃はしっかり命中したようで、スライムがいつもの変な音を出しながら消滅した。

「ふ〜っ。問題なく無事倒せたな」

「何が、ふ〜っ。問題なくだよ。ただのスライム相手に一撃目外したくせに。問題ありだろ」

「ルシェ、いちいちうるさいぞ。二撃目で倒せたんだから上出来だろ。次からは一撃で倒すからみてろって」

シルはスライムを発見するのに絶対必要だが、シルだけ召喚すると後でルシェが拗ねてしまうので、ルシェを召喚しないという選択肢はなく、ちょっと面倒だがこのやりとりは仕方がない。

ある意味これがコストといえば今回のコストかもしれない。

一応、必要性は薄いがベルリアも召喚している。

「シル、どんどん次を探してくれ」

その後もスライムの出現率は高いので、俺は次々とスライムを倒していった。

ただ、探索を続けていくうちに問題点も浮き彫りとなった。

「ご主人様、またスライムです。肩の力を抜いて頑張りましょう」

「ああ、頑張るよ。ありがとう」

シルの声援を受けて眼前のグリーンスライムに向けてショベルによるフルスイングの一撃をお見舞いする。

『ボヨヨーン』

グリーンスライムは大きく弾け飛んだが、消滅はしていない。

一撃で消滅まで至る事もあるのだが、先程から結構な確率でそこまで至っていない。

理由は、俺の技量不足もあるとは思うが、スライムが液体と言うか流動体である為に、インパクトの瞬間にズレるのだ。

しっかり狙って、命中したと思っても、インパクトの瞬間にわずかに中心からズレてしまい消滅まで至らない事がある。

「海斗～。全然うまくならないな。才能がないんじゃないか？」

「ルシェ、俺はスライムスレイヤーだからな。スライムに関してだけは才能あると思うぞ」

「ふ～ん。才能ね～。それにしてはな～」

「姫、何事も訓練あるのみですよ」

「ご主人様、確実に上手くなっていますよ。さすがです」

俺はサーバント達と会話を交わしながら、グリーンスライムに追撃をかけて消滅させてから小さな魔核を回収した。

ルシェ達とのくだらない会話も単調なスライム狩りではちょうど良い感じに気が紛れるので悪くない。

下層階では余裕を見せている場合ではない事も多いので会話も限定的だが、一階層では余裕があるので会話も弾む。

弾むというのはちょっと違うかもしれないが、いい感じでサーバント達とコミュニケーションを取る事ができていると思う。

ルシェは、遠慮というものを知らないので、いちいち突っ込んでくるがその分会話も多く、今ではシルと同じぐらいの信頼関係を築けていると思っている。

これで将来、ルシェに『おっさん』とか『臭い』とか言われたら、ショックで立ち直れないかもしれない。

今日一日終えてのリザルトはスライム二十四匹だった。

昨日よりは二匹多く狩る事ができたが、殺虫剤ブレス使用時よりも明らかに討伐数が減ってしまっている。

コストゼロなのは素晴らしいが、手に入れた魔核の数も減ってしまっている。

残念ながらこれでは意味がない。殺虫剤ブレスを使用して狩りまくった方が実益は高いかもしれない。

ダンジョンでは思い通りにはいかない。本当に難しい所だ。

今週、学校では遠征の話で隼人達と盛り上がっている。

三人とも修学旅行前のようにテンションが上がり気味だ。

「海斗、来週頼んだぞ。今から楽しみだな～」

「ああ、他のダンジョンに行った事ないから、どんな所か興味あるよな。それはそうと三日間何処に泊まるんだ？」

「それは大丈夫だ。もうビジネスホテルを手配しといたから心配するな。俺達が誘ったから、ホテル代は俺達二人持ちだぞ」

「そうなのか。それは助かるよ。ありがとうな。後、現地までどうやっていくんだ？」

「電車とバスと徒歩だな。大体二時間ぐらいで着く予定だから。それと海斗は装備どうするつもり？　俺達は現地のギルドに郵送してもいいかなと思ってるんだけど、一緒に送るか？」

「いや俺は多分、前日までダンジョンに潜ってると思うから送るのは無理だと思う。頑張って装備していくよ」

「さすがだな。なかなかできる事じゃない。隼人、俺達もそうするか」

「いや俺達は予定通り郵送しようぜ。そこまで自信がない」

「そういえば今度のダンジョンの事調べてみたか？」

「勿論調べ済みだって。俺達の潜ってるダンジョンとは全然違うみたいだな」

「そうみたいだな。まあ三日しかないからそこまで探索できないと思うけど」

「いや～。いろいろと楽しみだな～なあ、真司」

「そうだな～。いろいろと期待しちゃうよな」

「おい、二人共いろいろって何だよ。怪しいな。ダンジョンに何かあるのか？」

「いや勿論メインの目的は他のダンジョンを経験したいってので間違いないけどな～真司」

「そうそう、俺達も経験積んでブロンズランクに上がりたいし。間違いないけどな～隼人」

「何だよ。その変な言い方。何があるんだよ」

「そりゃあ、探索者の男子高校生が県外のダンジョンに遠征したらな～真司」

「色々あってもおかしくないよな～隼人」

「ごめん。二人のいってる意味がわからないんだけど」

「いやだから、他県のダンジョンに彼女(かのじょ)の居ない男子高校生が二人でいくんだぞ。同じイベント参加者とか他県のダンジョンをベースにしている子とかな〜」

「そりゃメインの目的じゃないけど、やっぱり期待しちゃうよな〜」

「おい、そもそも二人って俺達三人だろ」

「いや海斗はな〜」

「お前は葛城(かつらぎ)さんがいるからな〜」

「春香(はるか)がいるって、別に付き合えてるわけじゃないんだぞ。まあ別に他の子には興味ないけど」

「まあ、お前は大丈夫だ」

「そのままでいいと思うぞ」

「お前達、この前女の子のパーティメンバーに懲(こ)りたんじゃなかったか？」

「いやそれはもう懲りたよ。だからメンバーには興味ないんだけど、もしかしたら出会いがあるかもしれないだろ。ダンジョンに出会いを求めちゃダメなのか？」

「いや別に悪くはないけど。そんなうまい話そうそうないと思うぞ」

「海斗。何事もやってみないと始まらないんだ。始めてみてようやく可能性ってのは生まれるものだぞ。俺は可能性を捨てて、何も始めない賢者よりも、可能性にかけて行動を始める愚者になりたいんだ」

「すまない、多分凄くいい事を言ってるんだと思うが、全く心に響いてこない。むしろ下心以外感じないんだけど」

「は～これだから超絶リア充黒い彗星は……」

「おい、それは今関係ないだろ」

「いやいや、関係あるだろ」

「そうだぞ海斗。確かにダンジョンは楽しい。やり甲斐もある。それを教えてくれた海斗には感謝してもしきれない。でもな、俺達は健全な男子高校生だぞ。女の子との触れ合いだって欲しいんだよ。できる事なら彼女だって欲しい。可能性があるならそれに賭けるのが男ってものだろ！」

「まあ、気持ちは痛いほどわかるんだけど、力説してる割に説得力がないな」

「まあ、海斗には関係のない話だから一緒にダンジョン攻略頑張ろうぜ。ただチャンスがあったら俺達は、止まらないから応援頼むな」

「ああ、わかったよ。ただな一つ聞いていいか？」

「ああ何でも聞いてくれ」

「この遠征って女の子もきてるのか？」

「それはわからない。でもな、俺達は可能性に賭ける」

「そうか、頑張れよ」

　真司と隼人に熱い気持ちを伝えられたが、俺には今まで十七年間上手くいかなかったものが遠征に行ったからって急に上手くいくとは思えない。俺がネガティブすぎるんだろうか？

　真司と隼人が来週の遠征に向けて並々ならない意欲をもっている事がわかったので是非ともその情熱をダンジョン探索に向けて欲しい。

「高木君、この前は助けてくれてありがとう。ちゃんとお礼も言えてなかったよね」

　真司達との会話を終えると珍しく前澤悠美さんと春香が話しかけてきた。

「この前？」

「春香と一緒にガラの悪い人達に絡まれてたの助けてくれたじゃない」

「ああ、あれはたまたま通りかかっただけだから」

「あの時は、すごかったけど、普段ダンジョンで鍛えてるんだ？」

「まあ、そんなところだけど」

「そういえば海斗、来週遠くのダンジョンまで行くの？」

「ああ、春香。真司達から聞いたの？　来週は初めての遠征イベントで隣の県のダンジョンまで行くんだよ」

「遠征イベントなんてあるんだね」

「高木君っていつもダンジョンに潜ってるイメージなんだけど、もしかして毎日ダンジョンに行ってる？」

「まあ大体ダンジョンに潜ってるけど、それがどうかした？」

「ダンジョンばっかりでよく飽きないんだね」

「最近は毎日変化が結構あるから全然飽きるとかはないな」

「今度の連休も遠征でダンジョンに潜るんだ？」

「そうだけど。真司と隼人と三人で」

「男子三人で行くんだ。ちなみに連休とかに春香と遊びに行ったりしないの？」

「えっ？　春香とはこの前、映画に行ったけど」

「春香、高木くんは、こう言ってるけどそれって結構前だよね」

「うん。まあちょっと前に行ったかな」

「高木くん、もうちょっと春香と遊びに行った方がいいんじゃない？」

「何で前澤さんがそんな事……」

「それは春香の友達だからだけど」

「はあ、それは知ってるけど」

何だ？　今日の前澤さんがちょっと怖い。

「高木くん最近、春香と仲良くしてるよね」

「まあ、お蔭様で？　というか、春香の好意で仲良くというか時々お買い物とかに行かせてもらってます」

「お買い物ってデートだよね」

「いや、デートじゃなくてお買い物だけど。そうだよね、春香」

なんだ？　外の寒気が何処かから吹き込んできたのか？　寒い……。

「うん。お買い物は、まあ、お買い物だけど。ね」

何かまずいのか？　歯切れの悪い答え方だ。俺とお買い物に行った事は内緒にしたかったのか？　いやでも前澤さんは既に聞いていたみたいだし。なんて答えればいいんだ？

春香の受け答えを聞いて、急に焦りを覚えてしまった。

「ふ～ん。やっぱり高木くんは思った通りね。探索者の人ってみんなそうなの？　高木くんがダンジョン好きなのはわかったけど、それ以外のプライベートも大事にした方がいいんじゃない？」

やっぱりって、いったい何が思った通りなんだ。

「いや、ダンジョン以外のプライベートっていってもな～特に俺には何もないけど」

そう答えた瞬間、俺に真冬の湖底に沈んだ様な重寒さが去来した。

なんだ？　俺はやばいのか？　突然変な病気にかかった！

「高木くん。とにかく春香をもっと大事にして！」

「う、ううん」

俺はいったい前澤さんに何を怒られてるんだ？　やばい。春香をもっと大事にして？

そもそも俺的にはＭＡＸ大事な女性だけど、俺は彼氏でも何でもないんだぞ？　どう大事にしろというんだ？

それにさっきはお礼を言われてたはずだけど俺は何か悪い事した？

「高木くん。遠征も他の二人が嬉しそうに出会いがどうとかって言ってたんだけど」

「ああ、それは真司と隼人が、出会いを求めてるってだけだよ」

「高木くんも、かわいい女の子との出会いを求めてる？」

おおっ。意識が遠退きそうになる。熱が急激に出てきた。インフルエンザか？　寒い……。

「いや俺は全く求めてないけど。そもそも遠征に女の子がいるかどうかもわからないし」

「高木くんは、普段から二人と一緒にダンジョンに行ってるんだ？」

「いや、時々一緒に潜る事はあるけど、普段は別だよ」

「それじゃあ、普段は誰と行ってるの？」

「ああ、普段は俺一人で潜ってるんだ。基本俺ずっとソロだったから、土日だけイベントで一緒になったメンバーと潜ってるんだよ」

「ふ〜ん、そうなんだ。まあ普段ソロっていうのも何か、似合ってる気もするからそれはいいと思うけど。不良にひとりで立ち向かう感じもそれっぽかったし」

「ああ、それはどうも」

これは褒められているのか？

「それじゃあ、逆に言うと平日はいつでも春香と遊べるって事だよね」

「まあ、それは、いつでもってわけじゃないけど。言ってもらえれば大体大丈夫だよ」

「高木くん！　女の子から言ってくればってどういうこと？　高木くんから誘ってくれないのかな」

圧が凄い。急遽インフルエンザを発症した俺にはきつい……。

これはあれか？　前澤さんは春香を誘うように言っているのか？

「ああっ、春香、今度からもう少し平日に誘っても迷惑じゃないかな」

「私は勿論いいんだけど、ごめんね」
「そこは、春香が謝るところじゃないでしょ、ねえ高木くん」
「はい。そうですね。春香はなにも悪くないです」
「本当にごめんね」
「春香！　謝らない」

　会話はそれで終わったが、お礼を言ってきたはずの前澤さんの圧が途中から凄かった。まるでモンスターの大群に押し流されるかの如く俺にはなす術がなかった。その影響というわけではないと思うが、どうやら俺は会話中に病気になってしまったようだ。

　前澤さんに圧倒されるままに、とりあえず平日、俺がもっと春香を誘うことになったらしい。

　俺としては願ってもない事なので、何も言う事はないが、春香は本当に良かったのだろうか？　あまり話したことはなかったけど前澤さんってあんな感じの子だったのか。だけど結果的にこれはお礼を言っておいた方がいいのか？　たぶんそうだな。今日は調子が悪いので早く帰ることにして、今度タイミングをみてお礼を言おう。

　遠征イベント前の最後の週末も、いつものように十二階層の探索に力を注ぐ。

「海斗昨日はありがとう」

「ああ、何とか間に合ってよかったよ」

「スナッチも喜んでるわ」

「そういえば、ミクは来週の連休に何処か行くのか？」

「まあ、家族と出かけるのと、ちょっとイベントに行くことになってる」

「イベントってなに？」

「あれよ、あれ」

「あれってなに？」

「カードゲームのイベントがあるのよ」

「あ〜。前に言ってたな。現役だったんだ」

「そうよ。何か文句ある？」

「いやいや、全くないよ。むしろ趣味があって羨ましいよ」

「海斗は趣味って何かないの？」

「俺は趣味がダンジョン探索みたいなもんだからな〜」

「まあ、打ち込めるものがあるのは良いことよ」

「あいりさんはどうするんですか？」

「大学の友達と遊ぶ予定だ。あとは道場の練習生募集イベントに参加だな」

「家の手伝いですか。さすがですね。ヒカリンは？」

「わたしは家でゲームと家族とお泊まりでお出かけなのです」

「ヒカリンもゲームするのか。どんなゲーム？」

「普通のゲームなのです。普通のです」

「ああ、そうなんだ。普通のね」

普通のゲームってなんだ？　興味は有るが、それ以上は聞いてはいけないような気もしてスルーしておいた。

俺は空気が読める男だ。

「ご主人様、敵モンスターが八体向かってきています。前方に注意をお願いします」

「いつも通り、俺とベルリアが前衛に。あとのみんなは後衛で、ミクはスナッチに自由にやるよう指示して」

「わかったわ」

しばらく前方に注視していると、ナイトスコープの視界にネズミの姿が映った。

バルザードを顔の前に構えて待ち構えるが、次の瞬間、俺達の後方から小さな影が飛び出していくのが見えた。

飛び出した影はそのままネズミの集団に向かっていき、鋼鉄の針を射出してネズミを次々に倒していく。

倒すスピードが早すぎて、後衛のメンバーも攻撃する事ができていない。

恐らく全部で二十秒程の時間だろうか？

鋼鉄の針が何度目かに放たれたと同時に敵の気配が完全に消えた。

「凄いな。シル、敵はもういないか？」

「はい。八体ともに消滅しています」

「ミク、スナッチやったな」

「うん。ありがとう。これも海斗のおかげよ」

先週迄、全く活躍の場がなかったスナッチだが、ここにきて一番の戦力に躍り出たと言っても過言ではない。俺も苦労したかいがあった。

昨日、急激な体調不良に見舞われた俺は、ダンジョンに潜るのをやめたが、幸いにも下校の途中で体調が上向いてきたので、予定を変更して急遽ミクに連絡を取った。

先週、何とか十二階層を探索できたものの、敵モンスターとの相性の悪さは如何ともし難いので、何とかスナッチを戦力に組み入れられないか色々と考えていた。

普通に考えて、ネズミとか蜥蜴とかに一番相性が良いのはスナッチなんじゃないかと考えたのだ。

スナッチが戦力になれない理由はただ一つ。視界の問題だけだ。

カーバンクル用のナイトスコープがあれば一番良いが、そんなものは売っているはずもないので自作するしかない。

ミクに連絡して内容を伝えると、試してみたいとの事だったので早速ダンジョンマーケットに向かった。

まず購入したのは単眼の小型ナイトスコープ。本来双眼の方が良かったが、スナッチの目の大きさに合うものがなかったので単眼で我慢する。

次に向かったのはペットショップだ。

ペットショップで小型犬用のハーネスを買い、その後百円ショップで紐や布類等を購入した。

裁縫とかは全く心得がないので、マジックテープとアイロンを多用して継ぎ接ぎだらけだが、ハーネスに、サイズ調節の利く小型のヘッドギアのようなものを自作して固定し、そこにナイトスコープを取り付けた。

強度的に不十分なので、補強グッズを色々買い足してから、今日スナッチに実際に着用させてみた。

手作り感満載でお世辞にもスマートとはいえないが、効果は劇的だった。

俺達には的が小さすぎるが、スナッチには全く問題にはならなかった様であっという間に敵八体を葬り去ってしまった。

これなら、今後の十二階層の探索がかなりスムーズになるかもしれない。スナッチも蚊帳の外感があったので、昨日慣れない作業に悪戦苦闘した甲斐があって本当に良かった。

スナッチの活躍があり探索ペースは明らかに上がってきている。

火蜥蜴対スナッチは、明らかにエサ対捕食者のような構図となりスナッチが圧倒している。

このまま小動物しか出ないようであれば、攻撃はスナッチにまかせ切っても良いぐらいだが、スナッチが攻撃できなくなると、また高火力の力押ししかなくなってしまう。

スナッチのMP残量とも相談しながら進むしかない。

「シル、何か俺達の出る幕はなくなってしまったな」

「まあ、パーティなのですから、そういう時があっても良いのではないでしょうか。スナッチも立派なメンバーの一員ですから」

さすがシル。言う事が素晴らしい。

「だけどシルも虫はダメだけど、小動物とか蜥蜴は大丈夫なんだな」

「はい。虫でさえなければ全く問題ではありません」

「俺的には大差ないような気がするけど不思議なもんだな～」

「ご主人様、そこは明確に違いますのでご理解をおねがいします」

「マイロード、さすがに女性の方にそれは良くないですよ。虫は虫、他は他です」

「そういえばベルリア、お前は虫は大丈夫なのか？」

「もっ、もちろんです。こ、この私が虫如きに後れをとるはずがありません」

「ふ～んそうなのか。じゃあ、今度虫が出たらベルリアにまかせるな」

「は、はい。おまかせください。ご、ゴキブリごとき私の敵ではありません」

ベルリアお前、絶対嘘をついてるだろ。そうか、ベルリアもゴキブリが苦手なのか。スカラベとかは問題なさそうだったから種類によるのかもしれない。まあ、ゴキブリが得意な人はいないのかもしれないが、もしかしてサーバントの天敵はゴキブリなのか？

ベルリアにも苦手な敵がいることは意外だったが、そのまま進んでいくと、今度はコウモリの群れに遭遇した。

空中にいるコウモリに対してはスナッチの攻撃も絶対的ではなく、瞬殺という状況でもないので全員で戦う事となった。

スナッチも攻撃手として参加しているが、俺もどうにかこのコウモリをしとめたい。

武器を魔核銃に持ち替えて狙いを定めようとするが、コウモリの不規則な飛び方を予測するのは結構難度が高くなかなか当たらない。

それでも、俺にも意地がある。なにがなんでも当ててやるという気持ちをのせて、集中力を極限まで高めて連射する。

『プシュ』　『プシュ』

俺の思いをのせた一発が、見事コウモリの羽を射抜いて、墜落させることに成功した。

急いで落下箇所まで向かいとどめをさし消滅に追いやる事ができた。

やった。俺の初コウモリだ。

爽やかな充実感に浸っていると、

「もう終わりましたよ」

ヒカリンの声が聞こえて我に返ったが、既に他のコウモリは撃退されていた。

コウモリの消えた後の地面を確認すると魔核に交じっていくつか違う物がある。

これってもしかしてドロップアイテムじゃないのか。

久々のドロップアイテムに心臓の鼓動が高鳴る。

近づいて確認してみるとそこには、

金属の塊が一つとハサミ？　が一つ落ちていた。

「ミク、この金属の塊って何だと思う？」

「多分、銀じゃない？」

「銀ってシルバーの銀？」

「そう、その銀」

「じゃあ結構価値があるのかな？」

「う～ん。これが金だったら価値があると思うけど、銀って多分百グラムで六千円ぐらいじゃないかと思うんだけど」

「これってどのぐらいの重さだと思う？」

「五百グラムないぐらい？」

「じゃあ三万円よりも安いってことか」

「それより多分五百グラムだけこの状態で買い取ってくれるところはないと思う」

「それじゃあこれはどうしたら……」

「文鎮（ぶんちん）か記念品ね」

「文鎮……。それじゃあこのハサミは？」

「これはさすがに私じゃわからない」

「私も刃物（はもの）は結構見たことあるが、これは普通のハサミにしか見えないな」

「まあ、もしかしたらすごいマジックアイテムかもしれないのです。一応持って帰ってみましょう」

「そうだよな。せっかくドロップしたんだし、きっと良いものに違いない。ギルドに持ち込んで鑑定してもらおう」

「これ、鑑定してもらうの？」

「もちろんだよ」

「まあ、期待しないぐらいでちょうど良いと思うわ」

メンバーの反応はかなり鈍めだが、もしかしたらドロップアイテムというもののレアさがわかっていないのかもしれない。

俺にとってドロップアイテムがどれほどレアか。

二年間一度も出たことなかったんだぞ。ドロップアイテムというだけでレアなんだ。

この文鎮だってドロップアイテムというだけで価値がある。

残念ながら俺は書道を嗜まないが……。

ドロップアイテムも手に入り、その後の探索も順調に進んだので、今日は早めに切り上げてギルドに向かうことにした。

寒さと暑さを階層毎に体感させられるので、十階層でのシャワーは欠かせない。

他のメンバーも習慣づいてきたようで、最近女性陣はマイシャンプーやマイソープをマジックポーチに忍ばせているようだ。シルとルシェとも日替わりで入っているので、二人を相手に香りを換えたりして楽しんでいるようだ。

俺とベルリアは、備え付けのシャンプーとボディソープで済ませているが、十分満足している。

ベルリアはなぜか女性陣の香りを嗅いで羨ましそうにしていたが、この士爵級悪魔は意外に女子力が高いのだろうか？

「あ～さっぱりしたな。それじゃあ、みんなでギルドに行こうか」

「すまない。私はちょっと用があるから先に失礼してもいいだろうか？」

「わかりました。他の二人はどうする？　俺一人でも問題ないけど」

「私は特に予定はないから一緒に行くわ」

「わたしも一緒に行くのです」

あいりさんと地上で別れてから三人でギルドに向かった。

「海斗さん。海斗さんから見て、あいりさんはどんな風に見えますか？」

「あいりさんか。行動が落ち着いていて頼りになるよな。俺兄弟とか居ないから、こんなお姉さんがいたら良いなとは思うよ」

「そうですよね。わたしも憧れます。凛としていて、わたしも将来はあいりさんのようになりたいのです」

「えっ？　ヒカリンってあいりさんみたいになりたいのか？」

「なにかおかしいですか」

「いや、全くおかしくはないんだけど、ちょっとベクトルが違うというか。あいりさんもヒカリンもそれぞれに魅力があるわけだから、それを生かしていったほうがいいんじゃないかな。ヒカリンにはヒカリンの良さがあると思うけどな」

「海斗さん。ナチュラルに人たらしですね。普段全く空気とか読める感じではないのに……。謎です」

「それって、褒めてるの？」

「もちろん褒めてますよ」

「でも確かにあいりさんには憧れるわよね。王華学院に受かれば、一緒の大学に行けるし楽しみだわ」

「俺も通えるように頑張らないといけないな」

「海斗は、ちゃんと受験勉強してるの？」

「受験勉強？　特にはしてないけど、俺の場合とにかく授業集中だよ。ダンジョンで集中して身体を動かしてお金を稼ぐ。学校では授業を集中して勉強も頑張る。その方が自分に合ってるみたいで最近成績も上がってきたんだよ。それに俺には絶対に王華にいかなければならない理由があるから死んでも受かるよ」

「海斗って学校の勉強だけで、何とかなりそうなんだ。思ったより頭いいのね。それより絶対に受からないといけない理由って何？」

「い、いやそれは、まあ、あれ。内緒だ」

「女ね」

「女ですね」

「い、い、いや。そ、そんな不純な理由では……」

「オープンキャンパスで一緒にいた可愛い子でしょ」

「うっ。ど、どうしてわかった……」

「逆にどうしてわからないと思ったの」

「海斗さん。わかり易すぎなのです。会った事のないわたしでも直ぐにわかりましたよ。隠すつもりならもう少し、ポーカーフェイスを覚えた方がいいのですよ」

「そうかな」

年下のヒカリンにこう言われてしまう俺って……。

「まあ、三人揃って入学できれば、みんなで友達になれるわね。それと遠征に行くのって、あの時一緒にいた男の子達なんでしょ」

「うんそう。隼人と真司だよ。結構気のいい奴らだからよかったら今度紹介しようか？」

「紹介は特には大丈夫だけど、彼らも見にきてたってことは王華学院うけるのかしら？」

「どうかな。オープンキャンパスに興味があったみたいだけど。まあ一緒に通うことになれば俺は嬉しいけどな」

「一番最悪なのは五人で受けて海斗だけ落ちるパターンね。注意した方がいいわよ」

「ミク、なんて不吉なことを……。注意した方がって、注意のしようがないだろ。まあそんなことにならないよう頑張って勉強するよ」

「いいですね。楽しそうなのです。わたしもお二人が王華学院に通われるようなら、志望してみます」

「ああ、それはいいな。みんなで通えるよう頑張ろうな」

「はい。そうなるといいのです。海斗さん、着きましたよ」

「ああ、それじゃあ並ぼうか」

　話をしている間にギルドに到着したので、いつものように日番谷さんの所に並んで順番を待つ。

「次の方、どうぞ～」

「はい。よろしくお願いします。今日はアイテムの鑑定をお願いします」

「はい。どのようなアイテムでしょうか？」

「え～っと、これとこれです」

「ちょっと海斗、それも鑑定するつもりなの？」

「こちらはハサミと金属素材ですね」

「海斗、その金属多分銀よ。三万円ぐらいの価値しかないのよ。鑑定料の方が高いぐらいよ。勿体無いじゃない」

「いや、ミクよく考えてみてくれ。これがもしただの銀じゃなくて魔法銀だったらどうする。銀色の希少金属だったらどうするんだ。ドロップアイテムなんだから、どんな素材でもあり得るだろ」

「まあそれはそうかもしれないけど。日番谷さんはどう思いますか？」

「普通、魔法銀のような希少金属はそうそうドロップするようなものではありませんが、高木様は普通では推し量れない部分がありますので私からは何とも申し上げられません」

「俺は可能性にかけたいんだ」

「わかったわよ。気の済むようにすればいいけど、ただの銀だったら次からは考えてね」

「それはもちろんだよ。じゃあお願いします」

「それでは鑑定料として六万円頂戴いたします」

日番谷さんがいつものように奥の部屋にアイテムを持っていった。

「楽しみだな～」

「海斗さん、あまり期待し過ぎない方がいいですよ。海斗さんのようにレアアイテムばかり手に入れる事は本当に稀なのです」

「わかってるって。大丈夫だよ」

五分程で奥から日番谷さんが戻ってきた。

この瞬間は何回経験してもガチャを引くような感覚があり緊張する。

「こちらが鑑定結果になります」

鑑定書を二枚受け取ったので早速鑑定内容を確認する。

一枚目の鑑定結果は、

銀鉱石　……　銀でできた塊。純度九十九パーセントの銀

おおっ。やはり銀鉱石だったか。これは俺が文鎮として使うしかないな。ただ銀って酸化するよな。普段からの手入れが必要だな。

「海斗、やっぱり銀だったわね」

「そうだね。銀だったね……」

「まあ海斗が納得ならそれでも良いけど、ハサミの方はなんだったの？　ただのハサミだった？」

俺はミクに促されてもう一枚の鑑定書に目を移す。

マジックシザー……　魔法の力により強化されたハサミ。通常のハサミよりも切れ味が鋭い。

これは、文字通りマジックアイテムだ。

「ミク、やったぞマジックアイテムだ。どうやらマジックシザーで普通のハサミよりも切れ味が鋭いらしい」

「それってよく切れるハサミって事？」

「多分そういう意味だと思うけど」

「海斗さん、それって何かの役に立ちますか？」

「えっ？」

銀が普通の銀だった事もあり、マジックアイテムという事が単純に嬉しくて舞い上がってしまったが、言われてみて気がついた。

確かに切れ味が鋭いハサミをどうやって生かせば良いのだろうか？

一応刃物には違いないので攻撃に使えなくはないが、ハサミでは初期のバルザード以上に使いにくそうだ。

「良かったら、二人のうちどちらかが使ってみる？　ヒカリンにはこの前マジックアイテムを渡せなかったし、もし必要だったら使う？」

「海斗さん大丈夫です。ダンジョンでハサミはさすがに使いようがありません。わたしはまた別の機会にマジックアイテムを頂ければ良いのです」

「そうか、それじゃあミク、これいる？　スピットファイアの足しにならないかな？」

「ならないと思うわ。むしろ分解して打ち直しでもできれば良いんでしょうけど、ハサミじゃ……」

二人ともに断られてしまった。あいりさんも業物の薙刀があるのにハサミが必要とは思えない。

「日番谷さん。このマジックシザーって売れたりしますかね？」

「はい、一応マジックアイテムですので買取は可能ですが、余り需要がある物ではありませんので五～十万円の間だと思われます。それでも普通のハサミよりは遥かに良いお値段だと思いますよ」

確かに普通のハサミに比べると高額には違いないが、売ってしまうには微妙な金額すぎる。

今後何かの役に立つかもしれないし、役立て方をどうにか考える方向でとりあえず残しておく事にした。

翌日もパーティで十二階層へと潜ったが、やはりスナッチの活躍もあり探索は順調だ。

一応あいりさんにもマジックシザーのことを話してみたが、やはり必要ないとのことだった。

もちろん俺も戦闘に使ってみようかと試みてはいるが、今のところ十二階層でハサミの出番は全くない。

昨日潜ったポイントから更にマッピングを進めることができている。

「ご主人様、この先にモンスター六体の反応があります」

「わかった。俺とベルリアが前にでます」

俺とベルリアが前衛に立ち、進んでいくと前方にはコウモリらしきモンスターが舞っているのが確認できる。

「ベルリア、見えてるか？　多分一角コウモリだな」

「……」

ベルリアから返答がない。

「ベルリア、どうかしたのか？」

「マイロード。あれはコウモリではありません」

「え？　違うのか？」

「はい。全くの別物です。音が、羽音が全く違います」

ベルリアに言われて耳をすませてみるが、まだ距離があるのでおれにはよくわからない。

「海斗！　まかせたぞ！　たのんだぞ！　わたしはここで待ってるからな！」

「ご主人様、わたしもここまでで大丈夫でしょうか」

「ああ、それは別にいいけど、どうかしたのか？」

「海斗さん、わたし達もあれは無理です」

ヒカリン達もか。

「大丈夫だ。ベルリアいくぞ」

「……」

「ベルリア？」

「マイロード、あれはコウモリではなく蛾です。大きな蛾が群れているのです」

「ああ、蛾か」

たしかに大きめの蛾だと、この距離の暗視スコープ越しにはコウモリと大差なくみえてしまう。俺は魔核銃を手に距離を詰める。

あれ？　横にいたはずのベルリアがいない。

あわてて周囲を見回すとベルリアは後方でとどまっていた。

「ベルリア？」

「……」

ベルリアまさか……。

「怖いのか？」

「い、いいえ。けっして怖いわけでは」

「じゃあ、どうしたんだ？」

「いえ、少し苦手……」

「苦手？」

「いえ、苦手というか羽音が……」

「羽音がどうした」

「いえ、耳に障る……」

「耳に障る。ベルリア、ダメなのか」

「……はい。申し訳ありません」

「そうか。まあ仕方がないな。俺とスナッチでどうにかするよ」

「マイロード。このご恩は終生忘れません」

結局俺以外のメンバー全員が蛾に対して忌避感を覚えるようで、俺とスナッチで頑張ることとなった。

上空を舞っていて殺虫剤ブレスは役に立たないので俺はひたすら魔核銃を連射した。

コウモリほどではないが不規則な軌道に苦戦したが、スナッチのおかげでどうにか殲滅することができた。

ただ蛾を撃ち落とすために、思った以上に魔核銃のバレットを消耗したのでそこで探索を切り上げて戻ることにした。

倒したあとにはいつになくメンバー全員から感謝されることとなったが、このパーティは思っていた以上に特定の虫型モンスターへの耐性がないのが判明してしまった。


その後平日はスライムの魔核を集めながら、遠征イベントの準備を整えることにした。

このイベントは、ボスを倒すとかそういった事が目的ではなく、殆ど行くことのない他県のダンジョンを経験させる目的が大きい。経験値を積ませて探索を効率よく進める糧にして欲しいというギルド側の思惑と、遠征者と地元の探索者両者の刺激になれば良いというような意味合いとが含まれている。

俺も初めてのことなので楽しみにしているが、それだけに準備は念入りにしておきたい。

特に魔核が足りなくなっては話にならないので、一階層で魔核狩りに励んでいる。

そして消耗品も結構買い込んだ。

カップラーメンや栄養補助食品、そして暇つぶしのトランプ等だ。

三日分をリュックに詰め込むのは無理だったので、生まれて初めてキャリーケースというものも買ってみた。将来も使えるように少し大きめのものにしてみたが、実際に揃えた物を詰め込んでみると、結構余裕があった。まあ大は小を兼ねるという言葉もあるので大丈夫だろう。

「みんなもここ以外のダンジョンに行くのは初めてだから、慎重にいこうな。それと真司達の事も一応頼んだぞ。アイアンランクになったとはいってもまだまだ成り立てで危ない所もあるはずだから、サポート頼むな」

「ご主人様のご友人なのですから、万全のサポートをさせていただきます」

「マイロード、私におまかせください。精一杯頑張ります」

「まあ、あの二人だろ。まかせとけって。問題ない」

先日はあれだったがやはり俺のサーバントは頼もしい。まあダンジョンが変わっても虫がでなければ後れをとるような事は絶対にないだろう。

準備万端で金曜日を迎えることができたので、この日はダンジョンは休みにして、思いきって春香を誘ってみようと思う。

ただ、平日の放課後に春香を誘って何をすべきかが思いつかない。

「あの、春香。先週約束したから、お誘いしたいんだけど、今日の放課後は、ご予定はいかがなものでしょうか？」

「うん、大丈夫だよ。どこか行きたい所とかあるの？」

「いや、それが特には。春香と行ければ俺は、どこでも良いです」

「それじゃあ、今学校の女の子に流行ってるカフェがあるんだけど、行っても良いかな？」

「もちろん良いよ。カフェねカフェ」

さすがは女子高生、カフェか。

自慢ではないが俺は今までの十七年の人生の中でカフェと呼ばれるものにいった事がない。

正直、今の生活にカフェは全く必要がなかった。

ジュースもお菓子もコンビニと自販機があれば用足りるので、ダンジョンと学校が主体の俺の生活には、全く必要のないものだった。

そんな俺にも遂にカフェデビューの日がきてしまったらしい。

よくTVとかでカフェカフェ言っているのを見るので、カフェの事は勿論把握している。お洒落な人達や女子高生が所謂スウィーツや美味しい飲み物を飲む所だ。

図らずも今日、俺も大人への階段を一段上る事になったので、カフェに行くことが決まってから落ち着かない。

「海斗、それじゃあ、そろそろ行こっか。場所は私がわかるから」

「春香、そのカフェって、行ったことあるの？」

「ううん、行ったことはないけど、前にクラスの子達がオススメだって言ってたから」

「そうなんだ。それじゃあお願いします」

春香と並んでカフェまで向かうが、やっぱり並んで歩くだけでも緊張してしまう。

今日の学校の授業の内容などたわいもない話をしながら十五分程歩いていると、目的の場所に着いたようだ。

「海斗、ここなんだけど」

おおっ、ここか。流石は女子高生に人気のカフェ。外観からしてなんか洒落ている。

少々緊張しながらも、そのことを春香に悟られないように気を配りながら、ゆっくりとカフェの扉を開けた。

緊張しながら開けたカフェの扉の中は、思った通り洒落ていた。

そして、他にも結構お客さんがいるが、女の子のグループとカップルしかいない。

明らかに俺は場違い感があるが、今日は春香と一緒なので問題ないはずだ。

空いている席に案内されてメニューを見る。

これはドリンクだけでも良いのか？　それとも約束事でデザートも注文する事になっているのだろうか。

「春香、注文するのって決まってる？」

「うん、オレンジティーとフランボワーズのタルトがオススメだって聞いたから、それにしようと思うの」

オレンジティーとフランボワーズのタルト……。

やはり今までの俺の人生には関わりのなかった物達だ。

オレンジティーはわかる。レモンティーのオレンジ版だろう。

フランボワーズがフランス語なのもわかる。聞いたことがある気もするが、さくらんぼだったか？

さすがカフェ、メニューまでフランス語とは凄いな。

メニューを見る限り俺に馴染みがあるのは、フルーツのショートケーキだな。しかしこれは英語表記な気がするけど、誰も突っ込む人はいないんだろうな。

飲み物も無難にコーラとかの方が本当は良いんだけど、カフェだしな。

カフェというぐらいだから、ここはコーヒーを注文するべきなんだろうな。

「それじゃあ俺はこのオススメのブレンドコーヒーと春香と同じフランボワーズで」

普段家ではコーヒーなど全く飲まないが、背伸びをして頼んでしまった。

まあコーヒーだから飲めないことはないだろう。

注文してから、もう一度店内を窺ってみるが、やはり女性比率が高い。

時間のせいもあるのだろうが、学生が多いし、制服から同じ高校の生徒も数組いるのがわかる。

放課後にカフェを普段使いするなんて、なんてお洒落な人達なんだろう。

カップルの席に目をやると、なんとケーキをお互いにフォークで食べさせあっている……。

これは現実か？　テレビの中の世界ではなく現実世界なのか？　こんなことが放課後の日常では繰り広げられているのか？

あまりの衝撃に、凝視してしまっていると春香に注意されてしまった。

「海斗、あんまり見ちゃダメだよ。相手にも悪いからね」

おおっ、やばい。

「ああっ。ごめんごめん。ちょっと衝撃的だったから」

「でも恋人どうしだったら、憧れるよね。あんな感じなのも」

「まあ、そうかもしれないね」

春香はあんな感じに憧れてるのか。俺は憧れるというか、ああいうのは、お話のそれこそファンタジーの世界の出来事だと思っていたので全く頭の中になかった。

確かに春香と「あ〜ん」とか言いながらケーキを食べさせ合いっこするなんて想像をしただけで、俺はもうやばい……。

のぼせて鼻血が出そうだ。

最高すぎる。

あまりにスウィートな妄想に正気を奪われそうになっていると本物のスウィーツとドリンクが出てきた。

見た感じコーヒーは普通だ。フランボワーズのタルトは、赤いが、どうもさくらんぼではない気がする。

なんか種のようなブツブツが見えるので、苺か？　普通の苺ではない気がするので木苺か？

フランボワーズは木苺の事か！　知ったかぶりして、

「ああ、さくらんぼのタルトか！　いいね」

などと調子に乗らなくて良かった。

「私の希望でここに決めちゃったけど、海斗って甘(あま)い物大丈夫だったかな？」

「ああ、俺はなんでも大丈夫だよ。甘くても辛(から)くても。春香の行きたい所だったらどこでもいいです。ここも最高です」

「うん。クラスの女の子にも、ここはすごく評判がいいみたい。私は初めてくるんだけど、折角(せっかく)だからタルトも早く食べてみよっか」

春香に勧(すす)められて、フォークでタルトを切って一口食べてみる。

甘い……。

俺は比較的(ひかくてき)甘い物もいける口だと思うが、これはかなり甘い。

甘いのをごまかそうとコーヒーに口をつけたが、今度は苦い……。

「海斗、評判だけあってすごく美味しいね」

「あ、ああ。美味しいね。すごく美味しい。甘いのが美味しいね」

もしかしたら女の子には丁度いいのかもしれない。

俺にとってタルトは想像以上に甘くて普段飲まないコーヒーはかなり苦い。

だが目の前にいる春香が美味しいと言って、嬉しそうに食べている。

その瞬間(しゅんかん)に立ち会えただけで、俺はもう最高だ。

この瞬間を演出してくれている、この人気カフェもやはり最高だと言わざるを得ない。

「春香は甘い物が好きなんだね」

「うん、ケーキとか特に好きなんだ。でも海斗も甘い物大丈夫だったんだね。知ってたらもっと早く誘ってればよかったよ」

「もうね。甘い物でもなんでもいいよ。いつでも誘ってね」

「ここはね、オレンジピールのブラマンジェも人気みたいだから今度またこようね」

「えっ、それじゃあ今からもう一個頼もうか？　そのオレンジピールのブラマンジェ」

「二個も食べたら太っちゃうから、また今度こようね」

「はい。今度こよう。来週でもいいです」

「じゃあ来週また約束ね」

おお〜。やっぱりカフェ最高だ。来週も春香と来ることになってしまった。

オレンジピールのブラマンジェ。オレンジピールは英語でブラマンジェはフランス語だと思うがこの際そんな事はどうでもいい。人気メニューとして存在してくれていてありがとう。

正直美味しいかどうかもよくわからないフランボワーズのタルトを食べながら、春香とおしゃべりを楽しむ。

「春香は、この連休はなにをして過ごすか決まってるの？」

「うん、悠美達と、ショッピングモールへお買い物に行く約束をしてるんだ」

女の子達でのお買い物、時間がかかりそうだ。

「買うものって決まってるの？」

「うん、服とか買いたいなと思ってるんだけど、海斗は、三人で遠くのダンジョンに行くんでしょ？」

「ああ、そう。初めてなんで俺も勝手が良くはわかってないんだけど、最近ブロンズランクになったから、遠征にも行けるようになったんだ。真司と隼人はまだアイアンランクだから俺を誘ってきたんだよ」

「男の子って泊まりで行けるのっていいよね。合宿みたいで楽しそうだね。泊まる場所とか決まってるの？」

「真司達が手配してくれてるらしいから俺も詳しくは知らないんだけど、今回はお金も出してくれるみたい。俺は飯ぐらいは奢ろうかと思ってるんだよ」

「ダンジョンって一日中潜ってるものなの？」

「まあ人によると思うけど、俺達の場合一日中潜ってると思う。三人共ダンジョン中毒気味だから……」

「それって大丈夫なのかな？　無理しちゃダメだよ。何事もやりすぎは良くないからね。周りが見えなくなる場合もあるから、三人の内の誰かは冷静にね」

「ありがとう。無理はしません」

「海斗、今までにダンジョンで危なかった事ことかはないの？」

「まあ、時々はあるけど……」

「あるの!?」

「いや、本当にちょっとだけだよ。ほんの少し」

「ダンジョンが大事なのはわかるけど、無理はしないでね。約束ね」

「はい。無理はしません。約束します」

本当は結構危ない事もあるのだが、春香の優しさを前に、結構ありますとは言えなかった。極力無理はしないよう努力はしようと思う。

これ以上ダンジョンの話になるとボロが出そうなので春香の話に話題を変える事にした。

「春香って休みの日にやるような趣味はあるの？」

「趣味？　結構色々あるんだけど、最近はね、料理と写真かな」

「料理と写真？　結構意外な感じがするけど」

「海斗、それって結構失礼じゃない？　料理は趣味っていうか、前からよく作ってるんだよ。お菓子とかも作るし」

「いや、そうじゃなくて写真だよ。写真が趣味の人って余り周りにいないから」

「最初はスマホで、周りの風景とか友達とかを撮ってたんだけど、だんだん撮るのが楽しくなってきて、デジタルカメラを買ってからは、電車とか車とか動く物にも興味が出てきて撮ってるんだよ」

「そうなんだ。俺は写真撮ることとかほとんどないから、機会があったら撮ってみたいな」

「本当に？　それじゃあ今度一緒に、写真撮りにいこうよ」

「うん是非お願いします」

意外な春香の趣味が判明したのと、今度一緒に写真も撮りにいけそうなのでよかった。

ただ今のところ写真の良さや違いはわからないが、とりあえず俺の初カフェは甘いタルトと苦いコーヒーの味で、少しだけ大人になれた気がした。

遠征を前に春香との楽しい時間を過ごせたので明日からの遠征は頑張れそうだ。

春香とも約束したことだし、冷静に安全にいこうと思う。

あとがき

モブから始まる探索英雄譚も本作を手に取っていただいた皆様のおかげで4巻を迎えることができました。

4巻の発売に先駆けて2月にはヤングチャンピオンコミックスよりコミック版モブから始まる探索英雄譚も刊行されました。本当にありがとうございます。

モブからの世界ではモンスターミートや食事のシーンが時々出てきますが、今回は作者が実際に食べたことのあるレアな食材を紹介したいと思います。

作者が最初に食べたレア食材は幼稚園の頃にオーストラリアレストランで食べたダチョウですが脂のないさっぱりとした赤み肉だった記憶が今もはっきりと残っています。

最近では生産者の方も増え時々見かけるようになりました。

次に食べたレア食材はネパール料理店で食べたナマズとカエルです。

某格付け番組でもよく登場していますが、見た目を気にしなければ、どちらも淡泊で普通に美味しいです。比較的日本でも食べる事ができる食材なので皆様も機会があれば是非食べてみてください。

次は日本では食べる事が難しい本当のレア食材です。

アフリカのサバンナに生息するガゼルやインパラの肉です。

どちらも野性味溢れる肉ですが、歯の悪い人にはおすすめできません。

ケニアにある人気レストランでは月替わりでゾウやキリンの肉も振る舞われていましたが、作者は食べる機会はありませんでした。現地の人によるとゾウは硬くて不味くキリンは柔らかくて美味しいとのことでした。

次に食べたのは日本でも馴染みのあるヤギですが、モンゴルで生きた個体を捌いてドラム缶で塩をふりかけ蒸し焼きにしたものをいただきました。

これはモンゴルのお祝い料理らしいですが、臭みは一切なく絶品でした。

最後にオーストラリアではカンガルーとワニの肉をいただきました。

この2つはヘルシーで食べやすいです。読者の皆様にも自信を持っておすすめできます。

主人公の海斗も今後、作中で色々な食材を口にする機会があると思いますが、読者の皆様もレア食材に出会う機会があれば是非チャレンジしてみてください。もしかしたら異世界の扉が開くかもしれません。

次回新たな世界に足を踏み入れた皆様とお会いできることを楽しみにしています。

HJ文庫 https://firecross.jp/
995

モブから始まる探索英雄譚4

2022年4月1日　初版発行

著者——海翔

発行者—松下大介
発行所—株式会社ホビージャパン

〒151-0053
東京都渋谷区代々木2-15-8
電話　03(5304)7604（編集）
　　　03(5304)9112（営業）

印刷所——大日本印刷株式会社

装丁——BELL'S GRAPHICS／株式会社エストール

Printed in Japan

ISBN978-4-7986-2801-1　C0193

ファンレター、作品のご感想お待ちしております

〒151－0053　東京都渋谷区代々木2－15－8
(株)ホビージャパン HJ文庫編集部 気付
海翔 先生／あるみっく 先生